ENQUÊTE SUR LE BASSIN

UN FAMEUX 14 JUILLET

Ce roman est une œuvre de fiction. Les personnages et les événements sont le fruit de l'imagination de l'auteur. Toute ressemblance avec des personnes réelles serait pure coïncidence.

Dominique Calamel

ENQUÊTE SUR LE BASSIN

UN FAMEUX 14 JUILLET

LA GESTE

Le soleil levant rasait les joncs des marais bordant l'estran du petit port du Rocher.

Le flux remplissait peu à peu le Bassin d'Arcachon. Lui donnant ainsi sa vraie couleur :
Le bleu

En cette aube de juillet, les hirondelles faisaient du radada sur le sable.
Un goéland avait pris son poste sur « le » rocher.
Deux hérons, patte en l'air dormaient encore.
La sérénité et le calme régnaient.

Soudain le « pète-pète » d'un engin à deux roues, au moteur mal réglé, doublé du sifflet enthousiaste de l'homme qui le chevauchait, vinrent troubler cette paix. Vêtu d'une tenue fluo, MP3 vissé aux oreilles, il était totalement indifférent à la beauté de l'endroit et de l'instant. C'était un employé municipal.

Il était là pour refermer l'écluse qui permettait la libération du trop plein des marais. Les pluies de la fin du mois de juin les avaient abondamment remplis. Son devoir accompli, il repartit comme il était venu.

Il n'avait pas vu l'avant-bras terminé par une main crochue, que la baisse des eaux avait fait émerger, coincée dans les roseaux, index dressé vers le ciel. L'éclat du soleil sur l'alliance en or, n'avait même pas attiré son attention.

CHAPITRE I

Toute la tribu du Commissaire Divisionnaire Francis Delani/ Sidonie Fervel, débarquait au complet pour les vacances, devant la maison de M. Thibault Malarmé.

Il y avait Maïté, l'amie de Sidonie et Jean son mari l'ami de Francis et néanmoins directeur de l'IML de Bordeaux. Mathieu le fils de Sidonie issu de son premier mariage. Pascal Poulain et le propriétaire de la maison, deux éléments rapportés. Puis enfin, la gente animale, représentée chez les félins par Tchang, le roi des birmans. Chat de Marc le défunt mari de Sidonie. Et chez les canins par Golum, le bouledogue anglais du deuxième mari de Sidonie : Francis.

Cette petite bande avait été réunie et soudée par le malheur. Venus d'horizons différents, avec des vies différentes. À priori, ils n'auraient jamais dû se rencontrer. Mais la disparition et la mort de sept femmes les avaient fait se croiser en tant que flic, journaliste, médecin légiste, victime et avocat de la victime. Solitaires ou rendus solitaires par le drame, ils avaient fait bloc et ne se quittaient plus.

Tout en respectant l'intimité des uns et des autres, ils passaient et fêtaient ensembles tous les moments importants de la vie. Comme une famille. Une vraie famille.

Pascal à sa sortie de l'hôpital où il se remettait d'une tentative de suicide après le meurtre de sa fille, tentative dont sa femme n'avait pas réchappé, avait refusé de retourner vivre dans sa maison : Trop de souvenirs heureux. Il avait réussi à la vendre rapidement. Il avait également liquidé l'entreprise qu'il dirigeait avec son épouse. En fait il avait fait table rase de sa vie antérieure. Francis qui s'était installé dans le « péché » avec Sidonie, lui avait proposé son échoppe située dans un quartier calme de Bordeaux. À part quelques meubles et souvenirs de famille qu'il avait emmené avec lui, il la lui avait prêtée « clés en main », charge à lui de l'entretenir.

Thibaut lui, avait tout fait refaire dans sa grande maison. Effaçant là aussi toutes traces du décor et des souvenirs, dans lesquels il vivait.

Tout cela avait eu lieu un an et demi plus tôt.

Aujourd'hui comme Jean et Maïté, Francis et Sidonie étaient mariés. Cette dernière était enceinte de sept mois. Ce qui expliquait le manège de Francis qui lui tournait autour comme une abeille autour d'une fleur. Il lui interdisait tout effort, toute imprudence, toute folie. Cela donnait la « bouffaïsse » à la future maman. Mais il suffisait que son mari lui dégaine son sourire à fossettes pour qu'elle se calme.

Quand elle lui avait annoncé sa grossesse, il avait explosé de joie. Frisant la quarantaine, la venue de ce bébé était pour lui comme une fontaine de jouvence. Quand il sut que c'était une petite fille, il faillit s'évanouir de bonheur. Ce petit bout à naître, avait mis du baume aux cœurs de Pascal et Thibaut, surtout qu'ils allaient être les oncles putatifs et des parrains officiels. Comme Jean et Maïté seraient les grands-parents. Mathieu eut un peu de mal à admettre qu'il ne serait plus la vedette dans la famille, mais quand il sut qu'il aurait une petite sœur cela le ravit. Je vous l'ai dit, ils forment une vraie famille.

L'arrivée de Golum dans la vie de Tchang avait été une tout autre histoire. Chapel et Brasco, les lieutenants de Francis, l'avaient trouvé dans la cave immonde d'une maison. Chargés de coincer un voleur de voiture en série, ils avaient trouvé, en perquisitionnant son domicile, plusieurs femelles et leurs chiots, de races différentes, dans un état de santé et d'hygiène lamentables. En plus du trafic de voiture l'individu faisait du trafic d'animaux. Il emmenait les unes en Europe de l'Est et revenait avec les autres qu'il vendait sur le Net.

Les vétérinaires durent euthanasier la plupart des pauvres chiots ainsi que leurs mères. Seul le chien de Francis put être sauvé. Il l'avait baptisé Golum parce qu'il avait la gueule du personnage de Tolkien et qu'il était un survivant comme lui. De plus Delani avait pris ça comme un signe du destin.

En effet, n'était-il pas lui-même le bouledogue de la police ? Celui qui mort dans les fesses du suspect et ne lâche plus. Tchang l'avait accueilli de toute sa hauteur et de son mépris de prince félin. Au début quelques coups de pattes furent décochés. Golum ignora totalement ce dégoût et cette agressivité, il s'était imposé petit à petit. Maintenant, ils étaient inséparables et dormaient dans les pattes l'un de l'autre. Le chat s'étant habitué aux ronflements et aux flatulences du chien, il appréciait la chaleur de son ventre.

*

* *

Cela faisait dix jours que la petite bande profitait de ses vacances, le beau temps était de la partie. Les coups de soleil guéris, ils commençaient tous à être bien dorés. Ce soir, c'était au tour de Francis de préparer le dîner. Devant le barbecue, il surveillait jalousement la cuisson de ses langoustines. Quand soudain la sonnerie du téléphone retentit dans le salon.

Ils échangèrent des regards étonnés. Tous ceux dont ils avaient envie d'avoir des nouvelles, se trouvaient là, dans le jardin, en train de siroter l'apéro. Ils haussèrent les épaules. Encore un fâcheux… inutile de répondre. Seulement l'importun était tenace. Il insistait le bougre. Voyant l'agacement de Francis, Thibault se décida à aller répondre, le commissaire lui hurla de loin :

— JE NE SUIS LÀ POUR PERSONNE !!!

Quelques secondes plus tard, Thibault s'encadra dans la porte fenêtre.

— Francis ? C'est pour toi. Un ami paraît-il. Jacques Perrier tu connais ? Il veut ab… so..lu… ment te parler.

D'un geste rageur Francis jeta la grande fourchette qu'il tenait, sur le plan de travail. Dénoua son tablier, le posant sur les genoux de Jean.

— Surveille les langoustines ! Je ne veux pas en voir une cramée !

Il rentra en râlant. Aboya :

— Oui !

Une voix enjouée répondit :

— Salut Francis. J'ai appris que tu étais en vacances dans le coin. Tu vas bien ?

L'intérêt de son interlocuteur pour sa santé, n'amadoua pas du tout notre bouledogue :

— Arrête ton baratin… Qu'essse tu veux ?

À l'autre bout du fil son interlocuteur bafouilla :

— Ri… rien… prendre de tes nouvelles. Il y a longtemps que l'on ne s'est pas vu… j'ai su que tu étais dans le coin, alors…

Francis n'en crut pas un mot :

— Tu te répètes. Qu'essse tu veux ?

Jacques prit la mouche :

— Oh tu m'emmerdes Francis ! Avec toi y'a jamais moyen de faire les choses en douceur.

— Tout simplement parce que je te connais, si tu m'appelles c'est pour me demander un service. Or, on t'a dit que j'étais en vacances non ?… Est-ce que tu connais le sens de ce mot ? VACANCES !!

Il y eut un long silence, au bout du fil.

— Hey ! Jacques tu es là ?

Une voix étouffée répondit :

— J'ai besoin de toi mon vieux. Je suis coincé par une affaire incroyable.

Le mot « incroyable » titilla les neurones du policier. Mais il ne voulut pas lâcher prise aussi facilement.

— Aucune enquête ne mérite de gâcher des vacances en famille. On en reparlera au mois d'août.

— Ce sera trop tard… Je te demande juste de jeter un œil sur le dossier et de me dire ce que tu en penses. Ça te prendra quoi ?… quelques minutes ? S'il-te-plaît vieux. Au nom de notre amitié.

Francis réfléchissait. C'est vrai que cela faisait un moment qu'il n'avait pas eu une bonne affaire à se mettre sous la dent… à l'autre bout du fil, Jacques reprit :

— Bon… laisse tomber. Je suis désolé de t'avoir dérangé… je vais voir si Etchegaraye peut me donner un coup de main.

C'était exactement l'aiguillon dont Francis avait besoin pour prendre sa décision. Etchegaraye était l'un de ses meilleurs amis, Commissaire Divisionnaire comme lui, mais à Biarritz, il ne lui céderait jamais une affaire « incroyable » et ça Jacques le savait, il connaissait ses lascars.

— Non… non. Inutile de lui gâcher ses vacances à lui aussi. Envoie-moi le dossier. Je le lirai et te dirai ce que j'en pense.

Jacques eut un soupir de soulagement :

— Oh ! Merci, merci. Je t'envoie le dossier par l'un de mes gars. Il sera là dans dix minutes.

Francis bougonna :

— C'est bon. C'est bon.

Il raccrocha. Restant immobile quelques secondes. Il allait devoir expliquer à ses amis qu'il allait leur être infidèle. Pas longtemps… juste le temps de régler une affaire incroyable… enfin quand même, il n'en menait pas large en revenant vers eux.

En le voyant, ses amis l'interrogèrent du regard, Sidonie l'interrogea tout court :

— Alors mon chéri ? Qu'est-ce qu'il voulait ?

Il prit un air détaché :

— Pas grand chose… juste un conseil sur une affaire…

Jean échangea un coup d'œil entendu avec Maïté. Francis qui s'était approché de lui, lui demanda l'air de rien :

— Comment se comportent mes langoustines ?

Jean entra dans son jeu.

— Très bien. On peut se mettre à table.

— Chouette ! Je meurs de faim.

Sidonie qui n'avait pas lâché le morceau, le questionna à nouveau :

— Quel genre de conseil ? Sur quelle affaire ?

À ce moment-là le « pin-pon » d'une voiture de police retentit dans le calme. Francis dit en se dirigeant vers le portail de l'entrée :

— On va le savoir tout de suite ma chérie.

Sidonie ne savait pas si elle devait être en colère… ou pas. Car sans vouloir se l'avouer son instinct de journaliste sonnait l'alarme. La curiosité prenait le dessus. Mais il ne fallait pas que Francis s'en rende compte tout de suite. Elle voulait qu'il culpabilise un peu… un tout petit peu.

Souriant intérieurement, elle le regarda revenir vers eux. Il tenait une grosse enveloppe en papier kraft, déjà ouverte. Il n'avait pas tenu longtemps. Elle le regarda avec tendresse. Le bronzage lui allait bien. Ses tempes étaient un peu plus argentées que lorsqu'elle l'avait rencontré, lui donnant encore plus de charme et de classe. Un vrai Cary Grant.

Elle avait infiniment aimé Marc son premier mari, mais les sentiments qu'elle éprouvait pour Francis étaient plus profonds, plus réfléchis, plus forts. Marc, était égoïste. Passionné par son métier, il n'hésitait pas à se mettre en danger au cours de ses reportages. Il aimait sa famille, mais plus encore l'aventure. N'hésitant pas à partir au bout du monde pour un reportage. La laissant des jours, des semaines, sans nouvelles… Et cela lui avait coûté la vie.

Ils s'étaient rencontrés alors qu'ils étaient à Science Po. L'esprit indépendant et passionné du jeune homme, ainsi que son côté Indiana Jones avaient conquis la jeune fille, surprise qu'il puisse s'intéresser à elle. Pourtant, elle ne fut jamais réellement heureuse pendant ses années de mariage. Habitée qu'elle était par l'incertitude d'être aimée comme elle l'aimait, la solitude pendant les voyages de son mari et la peur de ne pas le voir revenir. Aujourd'hui elle vivait avec un homme sur lequel elle pouvait compter à tout instant, qui l'adorait et la protégeait, en un mot : Son chevalier blanc. Avec lequel elle se sentait en complète sécurité, ce qui la changeait totalement.

Elle caressa son ventre avec tendresse. Sa fille la lui rendit d'un coup de pied. Francis lui, serait là pour la naissance, chose que Marc n'avait pas fait pour Mathieu. Il l'avait laissée seule, préférant faire un reportage de plus sur une guerre de plus, dans un pays quelconque.

La voix de Maïté la fit revenir sur terre :

— Tout le monde à table ! Francis tu liras ton dossier plus tard.

CHAPITRE II

La nuit était tombée depuis un bon moment. Les grillons s'en donnaient à cœur joie, Golum à ses pieds, Tchang sur le ventre, Francis refermait le dossier qui l'avait tenu éveillé jusque là. Jacques ne lui avait pas menti. L'affaire était si non incroyable, en tous les cas bizarre.

En juillet 2005, le corps nu d'un homme affreusement mutilé avait été découvert dans les roseaux du lac de Cazaux. Sa mort était due à une hémorragie. Apparemment le meurtrier avait drogué sa victime, puis une fois celle-ci inconsciente, avait découpé avec beaucoup de méthode ses organes génitaux. Le laissant se vider de son sang. L'identité du mort avait très rapidement été établie. En effet, son épouse avait signalé sa disparition deux jours plus tôt.

Il s'agissait de François Chalon. Édile de la ville d'Arcachon. Sa disparition et les conditions de sa disparition avaient bouleversé la population.

Noël de la même année. Re-belote. Une autre victime. Morte dans les mêmes circonstances fut retrouvée dans les roseaux du lac de Sanguinet. Émasculé de la même façon. Vidé de son sang. Cette fois il s'agissait d'un riche commerçant de Bordeaux : Éric Delamont. Il était en vacance sur le Bassin avec sa famille. Comme François Chalon, sa femme avait signalé sa disparition trois jours plus tôt.

Juillet 2006 troisième découverte macabre. Un homme, mort de la même façon que les deux premiers. Son corps était resté coincé dans des branchages le long de la Leyre. Il s'agissait de Julien Dupré. Médecin généraliste à La Teste de Buch.

Les corps ayant séjourné dans l'eau, aucun indice ne put être relevé. Les endroits où les corps avaient été découverts, n'étaient pas les lieux des crimes et étaient « propres ». Les lividités cadavériques montraient que les hommes étaient sur le dos au moment de leur mort et que les corps avaient été déplacés post-mortem. L'enquête menée par

Jacques Perrier et son équipe n'avait négligé aucune piste. Mais toutes avaient fini dans une impasse. À part le fait que les victimes se fréquentaient sporadiquement, ils n'avaient rien en commun. Ils étaient tous âgés d'une quarantaine d'années.

Francis se passa la main dans les cheveux… Sacré casse-tête… Il relut le dossier par acquit de conscience. Mais il savait qu'il ne trouverait rien de plus.

C'est le doux baiser de Sidonie qui le réveilla.

— Chéri ? Téléphone. C'est Perrier. Tu es là ? Ou à la pêche ?

Il eut un peu de mal à se lever. Lui rendit son baiser :

— Non. Je vais le prendre et lui dire que je ne peux rien faire pour lui.

— On reprend nos vacances ?

— On reprend nos vacances.

Ils rentrèrent tous les deux dans la maison. Se tenant par la taille. Sans lâcher sa femme, il se saisit du combiné :

— Tu es matinal mon vieux. J'ai lu ton…

Jacques lui coupa la parole :

— On vient de trouver un nouveau corps. Au port du Rocher. Il a un peu été bouffé par les poissons, mais on est sûr que c'est le même

« modus ». Lui aussi a perdu ses précieuses. Charcuté comme les autres. Avec la même précision. Une vraie dentellière.

Silence… Francis déposa un baiser distrait sur le front de Sidonie. Les choses se corsaient. Il allait devoir mettre son grain de sel dans cette histoire. Un meurtrier sadique qui opère sur son territoire ?… Impossible de ne pas intervenir.

— Bon ! Tu as gagné ! J'arrive.

Sidonie relâcha son étreinte en soupirant. Elle s'éloigna en chantonnant.

— Vacances rompues… Vacances foutues.

Francis essaya de la rattraper.

— Juste pour ce matin ma chérie. Jacques a trouvé un autre corps. Il patauge… je ne peux pas l'abandonner.

Elle sortit dans le jardin sans se retourner. Francis hésita un dixième de seconde.

Puis hurlant à travers la maison :

— JEAN !!! Un beau macchabée pour ton anniv'… ça te dit ???

Pas de réponse. Il insista.

— C'est le quatrième ! Le meurtrier leur a coupé les « cojones » ! Alors ?… Intéressé ?

Une porte claqua à l'étage. Jean se pencha à la balustrade :

— Tu dis quatre ?

— Hun… Hun…

— Tous mutilés ? ?

— Hun… Hun…

— Attends-moi j'arrive !

Francis se frotta les mains en souriant. Il avait trouvé un allié. Chouette ! Ils allaient bien s'amuser.

Une demi-heure plus tard, ils étaient tous les deux dans le bureau de Perrier. En chemin, Francis avait fait un topo à son ami. Les trois hommes se saluèrent. Ils se connaissaient depuis longtemps et s'appréciaient.

— Bon ! On va à la morgue ?

Francis eut un haut-le-cœur.

— Tu le sais Jacques, je ne suis pas très cadavre. Tu n'as qu'à y aller avec Jean, c'est lui l'homme de l'art. Je vais vous attendre ici.

— Comme tu veux.

Les deux hommes allaient sortir quand Francis les retint :

— On sait qui c'est ?

— Pas encore. Aucune disparition signalée à ce jour. Pourtant il est marié, c'est même grâce à ça qu'on la retrouvé. Son alliance brillait au soleil. Les empreintes n'ont rien donné. Le type n'est pas fiché.

— Il va falloir ressortir les bonnes vieilles méthodes d'investigation. Tu permets que je voie avec tes hommes en vous attendant ?

— Fais comme chez toi mon vieux.

Le corps recouvert d'un drap blanc, gisait sur une table d'autopsie, attendant patiemment que quelqu'un veuille bien s'occuper de lui. Jean enleva le drap. Le séjour dans l'eau avait boursouflé les chairs. Les poissons et autres animaux marins avaient commencé leur festin. Défigurant le pauvre homme. Jean tourna autour de la table. Observant, humant. Il stoppa à la hauteur des organes génitaux. Un trou béant. L'aine avait été soigneusement découpée.

— Travail de pro. Ce type est sacrément doué.

Il enfila une blouse, mit des gants et sans regarder Jacques, lui fit un petit signe de la main pour lui signifier qu'il pouvait sortir. Ce dernier le fit sur la pointe des pieds. Il connaissait bien son homme et le laissa donc à ses examens.

Quand Jacques entra dans son bureau, il trouva Francis devant l'ordinateur.

— Tu as une piste ?

Francis secoua négativement la tête.

— J'envoie les photos de notre victime à mes cracs de Bordeaux. Jean devra faire le nécessaire pour leur envoyer le crâne. Ils vont essayer de reconstituer son visage. On pourra le publier pour un appel à témoin. Jean a dit depuis combien de temps il est mort? Si ce n'est pas vieux, cela expliquerait le fait que sa femme n'ait pas encore signalé sa disparition.

— Il ne m'a rien dit. Il m'a seulement fait signe de partir.

Francis eut un petit sourire.

— Ah mon Jean! Il ne changera jamais.

Il se leva. Libérant la place à son ami.

— Bon. Pour l'instant on n'a pas grand chose à faire d'autre. J'ai donné mes ordres à mon équipe d'informaticiens. Ils vont recouper les fichiers. Nous devons trouver un point commun à toutes ces victimes. Mes grosses têtes vont également retracer les appels téléphoniques.

— On l'a déjà fait ça. Ça n'a rien donné.

— Je ne veux pas dénigrer la compétence de tes hommes, mais tu m'as demandé de l'aide, alors je reprends tout depuis le début.

Il regarda sa montre.

— Je file… ma femme va m'étriper. Ne retiens pas trop longtemps mon docteur fol amour. Parce que c'est sa femme qui va me tuer. Et je vais être papa, donc je dois vivre, tu comprends ?

Compatissant, Jacques lui tapota l'épaule :

— De tout cœur mon vieux. File. Merci d'être venu. On se tient au courant ?

Ils se séparèrent.

À son retour à la maison, Jean trouva la petite bande en train de faire la sieste. Ils étaient éparpillés dans le jardin, affalés dans les hamacs suspendus entre les arbres. La chaleur était caniculaire, les cigales faisaient un vacarme de tous les diables. Il alla se baigner dans l'océan, mangea l'assiette que ses amis lui avaient laissée au frigo, puis au plus fort de son courage, il alla lui aussi s'offrir un petit dodo.

Francis le secouait doucement.

— Hey mon pote ? Réveille-toi.

Le pote émit un léger ronflement.

— Ce mec est une vraie marmotte.

Maïté s'approcha et murmura en le grondant

— Laisse-le tranquille. Il y a à peine dix minutes qu'il se repose. Tu ronflais plus fort que lui quand il est arrivé. Il te dira tout plus tard. Tu peux attendre un peu non ?

Francis secoua la tête, boudeur. Une voix d'outre-tombe sortit du hamac :

— Ton mec est mort vidé de son sang. On lui a coupé le service trois pièces de façon chirurgicale. Très pro. Il a été drogué, vraisemblablement au GHB, j'attends les résultats d'analyse. La mutilation est ante-mortem. Ce qui veut dire que le pauvre type à tout vu de son « opération ». Rendu docile par la drogue. Il avait la quarantaine. Son estomac contenait les résidus d'un gueuleton : Poisson et coquillages, arrosé d'un bon vin. Vu l'état des résidus du bol, sa mort remonte à 36 heures tout au plus. Je peux dormir maintenant ?

Francis lui claqua un baiser sur le front.

— T'es mon pote ! Reprends là où tu en étais.

Il se tourna vers Sidonie.

— On va se baigner ?

La fraîcheur commençait enfin à rendre l'atmosphère plus respirable. La petite bande d'amis bavardaient paisiblement autour de la table qui portait encore les reliefs de leur repas. Thibault se décida enfin à poser la question qui ne le lâchait pas :

— Alors Francis, combien de temps vas-tu nous faire languir ?

— À quel sujet ?

— Bien joué l'étonnement. Ils ne font pas mieux à la Comédie Française. Parle-nous de cette affaire « incroyable ».

Francis sourit intérieurement. Ils en avaient mis du temps.

Pendant tout l'après-midi et une grande partie de la soirée, il avait été sur les charbons ardents, attendant qu'on l'interroge. Rongeant son frein. Il ne voulait pas être le premier à en parler, il avait nullement envie d'être accusé de les enquiquiner avec ses « histoires de crimes ». Alors faisant semblant de se faire tirer l'oreille, il donna le peu d'informations qu'il avait. Thibault fut le premier à réagir :

— Je crois mon ami que tu as de nouveau à faire à une folle.

— Pourquoi dis-tu ça ?

— Toutes les victimes sont des hommes. L'émasculation est la signature d'une femme. Elle déteste les hommes et les prive de leurs attributs.

Sidonie ne put retenir une réflexion :

— Et tu parles d'expérience mon grand. Les femmes sont toutes de folles criminelles.

— À part toi et Maïté bien sûr.

Ironisa Thibault. Pascal intervint :

— Avouez quand même que sa conclusion est frappée au coin du bon sens. Seule une femme haineuse et passablement dérangée peut avoir commis de tels crimes. N'est-ce pas Francis ?

Francis eut une moue approbatrice :

— Pourquoi pas ? Mais cela peut être également un homme qui déteste les hommes.

Thibault gronda :

— Encore une histoire d'homo… non je n'y crois pas.

— Nous ne le saurons que lorsque nous aurons fait le lien entre ces hommes. Si on trouve le pourquoi, on aura le qui. Et là on saura si c'est un homme ou une femme. Simple comme de l'eau de roche.

Thibault dit lugubre :

— Ou un hybride.

Les autres échangèrent des regards entendus. Jean pris la parole :

— Nous avons quatre hommes, qui ont tous le même âge à un ou deux ans près. Ils sont tous les quatre de la région. Ils se sont peut-être rencontrés à un moment de leur vie. C'est par là qu'il faut commencer notre enquête.

— Voilà ! C'est exactement ce que je veux dire. Nous devons enquêter.

Sidonie dit en souriant :

— Nous ? ?

— Euh… Oui, mon équipe et celle de Jacques.

Elle insista :

— Donc tu ne nous demanderas aucun coup de mains ?

— Puisque tu en parles ma chérie, demain j'aurai le visage de notre dernière victime. Pourrais-tu user de ton pouvoir pour le faire passer aux infos régionales ? Et le publier dans ton journal ?

— Qu'est-ce que j'aurais en échange ?

Il savait qu'elle accepterait facilement. Elle ne pouvait laisser passer une telle occasion. Le fait qu'elle demande une contrepartie à son « service » était de bonne guerre.

— Que veux-tu ?

Elle fit mine de réfléchir. Il sourit. Comme si elle n'avait pas déjà la réponse :

— Ton enquête ne doit pas gâcher nos vacances.

Il n'en revenait pas que ce soit aussi facile, c'est donc avec sincérité qu'il dit :

— Pas de problème ! No problemo !

Elle était sceptique :

— Tu promets ?

— Croix de bois, croix de fer. Si je mens je vais en enfer.

— Ça c'est moi qui te le promets si tu ne tiens pas parole! Bon j'appellerai Caroline demain matin.

*

* *

Comme à son habitude, Bruno, le virtuose du clavier du service informatique avait fait des merveilles. La reconstitution du visage de la victime était brûlante de vérité. Il s'agissait d'un homme sans traits particuliers. Visage rond. Sourcils fournis. Yeux légèrement enfoncés. Nez en patate. Bouche sensuelle. Front haut. Cheveux rares. Pas vraiment attrayant. Pas vraiment laid. Quelconque quoi.

Francis eut du mal à cacher sa déception :

— Avec une tête pareille on aura du mal à trouver quelqu'un qui se souvienne de lui. C'est le prototype du mec qu'on voit et qu'on oublie aussitôt.

Sidonie le consola :

— Sa famille le reconnaîtra.

— Si il en a.

— Tu m'as dit qu'il avait une alliance. Il a donc une femme. Elle, le reconnaîtra.

— On peut très bien porter une alliance sans être marié.

Elle éclata de rire :

— Ne dis pas de bêtise. Un homme ne va pas porter une alliance s'il n'y est pas obligé. Comment draguerait-il ?

— Justement. Je t'assure que l'alliance est un attrape nana de première.

Elle colla son gros ventre contre lui. Se suspendant à son cou.

— Ah bon ? Alors pourquoi tu n'en portais pas toi, quand on s'est rencontré ?

Il l'embrassa tendrement :

— D'abord parce que je suis un garçon très sage et que je ne draguais pas. Ensuite, je te l'ai déjà dit, je t'attendais.

Elle rit de nouveau :

— Arrête ton char Ben Hur. Tu ne me feras pas prendre des vessies pour des lanternes.

Il prit un air offusqué, mais elle lui mit un doigt sur la bouche pour le faire taire et toujours souriante :

— Alors, je passe ta photo aux infos ou non ?

Il la libéra de son étreinte :

— Bien entendu. Mais je n'aime pas que tu aies de mauvaises pensées à mon sujet. J'étais un homme sérieux avant de te connaître, quoi que tu en dises.

Il avait pris un air outragé. Elle lui caressa la joue :

— Je le sais mon chéri d'amour, je le sais. Mais tu es un homme avant tout et je connais les hommes… Tous des obsédés… et je connais les femmes…

Elle sortit de la pièce en riant, avec la photo qu'elle devait envoyer à sa collaboratrice à Bordeaux, accompagnée d'un petit laïus. Il ne voulut pas lui laisser le dernier mot :

— Femme de peu de foi !

L'heure des infos était arrivée et ils étaient tous devant la télé. Le visage de l'inconnu apparut sur l'écran. Est-ce le fait qu'il soit en grand ? Il semblait totalement déshumanisé. La voix « off » expliquait les circonstances de la découverte du corps et demandait à qui voulait l'entendre s'il reconnaissait ce personnage. En bas de l'écran un numéro défilait en surimpression. Cela dura à peine deux minutes. Francis se leva dès que ce fut fini.

— Bon ! Il n'y a plus qu'à attendre. J'espère que ce ne sera pas trop long.

À ce moment-là le téléphone sonna. Puisqu'il était debout Francis décrocha :

— Allo !

— Francis ? C'est Jacques. Je viens de voir l'annonce, tu remercieras Sidonie de ma part.

— C'est normal mon ami. Il n'y a plus qu'à attendre maintenant.

— Oui. J'espère que ce ne sera pas trop long.

— Tu lis dans mes pensées. Des nouvelles des analyses ?

— Oui. C'est bien avec du GHB qu'il a été drogué. Bizarre c'est la drogue des violeurs.

— C'est surtout une drogue qui permet de faire aux gens ce que l'on veut, sans aucune réaction de défense de leur part. Idéale pour couper n'importe quoi sans que la victime réagisse.

— Tu as raison. Je n'avais pas pensé à ça.

— Tu me tiens au courant dès que tu as une touche ?

— Ok. Salut !

Cela faisait deux jours que l'annonce était passée dans les journaux et à la télé, sans résultat.

Ce n'est qu'au troisième passage du visage de la victime, qu'un homme se présenta au commissariat d'Arcachon. Il fut immédiatement reçu par Perrier.

— Vous dites que vous savez qui est notre inconnu ?

— Oui monsieur.

— Asseyez-vous et racontez-moi.

L'homme prit le siège qu'on lui désignait. Il sortit un mouchoir de sa poche et essuya son visage en sueur. La soixantaine plus que sonnée, il paraissait porter la misère du monde sur ses épaules. Jacques le laissa prendre son temps. Il avait compris que ce n'était pas le genre de personne qu'il fallait bousculer. Il lui offrit même un verre d'eau fraîche. Quand l'homme fut désaltéré, il se décida enfin à parler.

— Il s'appelle Maxime Dubourg. Comme moi.

Perrier sursauta :

— Vous voulez dire que c'est un homonyme ?

L'homme poussa un profond soupir :

— Pas seulement monsieur. Cet homme est mon fils…

— Excusez-moi ? ? ?

Jacques n'en revenait pas.

L'homme le fixait de son regard bleu délavé. Emprunt d'une profonde tristesse :

— Je vous présente toutes mes condoléances… Pourquoi ne pas avoir signalé sa disparition

— Parce que pour moi, il a disparu depuis des années. Je ne savais même pas qu'il était dans la région.

Jacques resta silencieux. Voilà la véritable explication de la tristesse du regard.

— Quand vous dites « disparu », vous voulez dire que vous le pensiez mort ?

L'homme s'essuya de nouveau le visage. En plus des perles de sueur, il y avait des larmes.

— Il a quitté la maison en 1989, le soir du 14 juillet. Il devait aller faire la fête avec des copains. Quoi de plus normal. C'était les vacances.

Il ne put retenir un sanglot :

— C'était un excellent élève. Il venait de réussir sa licence en droit. Ma femme et moi étions très fiers de lui. Nous sommes tous des fonctionnaires dans la famille. Il était le premier à faire des études supérieures.

Il se tut un long moment. Perrier attendit patiemment :

— Il n'est jamais rentré à la maison. Ma femme en est morte de chagrin quelques années plus tard. Quand elle a compris qu'il ne reviendrait plus.

— Mais ? La police n'a rien fait ?

— Si monsieur. Nous avons même engagé des détectives privés. Mais rien. Rien de rien.

Il secouait la tête, désespéré. Jacques insista :

— Qu'avait donné l'enquête à l'époque ? Ses copains n'ont pas été interrogés ? ?

— Si. Si. Ils ont dit qu'ils avaient passé une grande partie de la soirée ensemble. Ils se sont perdus de vue au moment du feu d'artifice. Pensant qu'il avait trouvé une petite copine, ils ne se sont pas inquiétés, ont continué de s'amuser et sont rentrés chez eux.

— Je vois… et vous n'avez plus jamais eu de nouvelles ?

— Non monsieur. Plus jamais. Jusqu'à hier soir.

— Permettez que je m'étonne tout de même. Comment avez-vous fait pour le reconnaître ? Cela fait presque dix-huit ans qu'il a disparu.

M. Dubourg eut un pâle sourire.

— Cela n'est pas arrivé tout de suite. D'abord je lui ai trouvé un air familier, c'est dans la nuit que la lumière est venue. Il ressemblait à mon père. Depuis qu'il était tout petit, cela nous amusait. Je n'aurais jamais cru que cela devienne si prononcé.

Il sortit d'une main tremblante une photo de son portefeuille. La tendit à Perrier.

C'était un sépia, l'homme qui le fixait d'un regard franc était plus que ressemblant. Avec des cheveux en plus. Les traits étaient les mêmes. Plus avenants peut-être. La souffrance était passée sur ceux du petit-fils.

La sonnerie du téléphone sortit Jacques de son observation :

— Oui !

— Patron ? On a un autre témoin. C'est un voisin de la victime. Il dit que le mort s'appelle Marc Dupontel.

Jacques regarda M. Dubourg. Malgré la photo qu'il tenait, il eut soudain un doute. Le pauvre homme dans son désir irrépressible de retrouver son fils, devait le voir partout. Perrier regarda encore une fois la photo. Pourtant la ressemblance était indéniable.

— Tu es sûr de ce témoin ?

— Il m'a donné l'adresse et il dit que ça fait plusieurs jours qu'il n'a pas vu son voisin et que rien n'a bougé dans la maison.

— Il a parlé d'une femme ?

— Euh… non.

— Tu lui as dit de venir voir le corps à la morgue ?

— Euh… non.

Perrier poussa un soupir de désespoir, et dit sèchement avant de raccrocher brutalement :

— Alors convoque-le ?

Il se calma et interrogea à nouveau M. Dubourg :

— Êtes-vous sûr que cet homme est votre fils, monsieur ? Je suis embêté parce que mon assistant vient de m'informer qu'un nouveau témoin s'est manifesté. Il s'agit d'un voisin de votre… de la victime. Et il dit que l'homme s'appelle Marc Dupontel. Vous avez une explication ?

L'homme sembla encore plus perdu.

— Vous croyez que je me serais trompé ?

Jacques était gêné. Il ne savait plus quoi penser :

— Je sais que cela risque d'être un peu difficile, mais accepteriez-vous de venir à la morgue avec moi pour reconnaître le corps ? Vous pensez que vous en aurez la force ?

Dubourg ne répondit pas tout de suite :

— Ma femme et moi nous avions fini par même espérer le voir mort. Tout plutôt que l'incertitude. Alors oui, je crois que je supporterai de le voir.

— Alors allons-y.

Le chemin jusqu'à la morgue se fit en silence.

Au moment d'entrée dans la pièce, M. Dubourg eut un moment d'arrêt. Jacques s'inquiéta :

— Ça va aller monsieur ? On peut remettre si vous le voulez.

M. Dubourg se passa la main sur le visage, comme pour effacer sa souffrance. Puis relevant la tête :

— Non. Cela va aller. J'attends ça depuis trop longtemps. Il faut que je sache.

Le tiroir contenant le corps avait été tiré. Le gardien se tenait à ses côtés, affichant un air compassé. Jacques lui fit un signe discret. L'homme souleva le drap blanc. Dubourg s'approcha. Il resta un long moment immobile devant le visage défiguré. Puis avec une grande tendresse et beaucoup de douceur, il caressa la joue meurtrie, le front, la tête. Il se tourna vers Jacques. Des larmes ravageaient son visage. Il répondit d'un « oui » silencieux à l'interrogation toute aussi muette du commissaire.

Ils sortirent.

— Commissaire ?

— Oui monsieur Dubourg.

— Quand pourrais-je avoir la dépouille de mon fils ? Je voudrais qu'il soit enterré près de sa mère. Il y a si longtemps qu'elle attend.

Perrier était embêté. Avec le témoignage du voisin présumé, il allait devoir vérifier l'identité de la victime.

— Euh… monsieur Dubourg. Vous l'avez reconnu mais rien ne prouve que c'est bien votre fils. Euh accepteriez-vous que l'on fasse un test ADN.

— Si vous voulez. Comment on fait ça ?

— Venez. Nous allons voir le médecin légiste. Il va vous faire un prélèvement buccal. Ensuite nous attendrons les résultats et si c'est vraiment votre fils, vous pourrez récupérer son corps quand vous le voudrez.

M. Dubourg faisait « oui » de la tête, à tout ce que Jacques disait.

— Maintenant je vous ramène chez-vous. D'accord ?

Après avoir laissé M. Dubourg devant chez-lui, Perrier s'empressa d'informer son ami Delani de l'évolution de l'enquête.

— Je te retrouve au commissariat.

CHAPITRE III

Pour la deuxième fois, Francis écoutait attentivement le récit de Perrier. Il prenait des notes. Demandant des précisions. Ils furent interrompus par l'assistant de Jacques :

— Patron ? M. Denner… Le voisin. Il est là.

— Tu lui as montré le corps ?

— Non.

Jacques s'énerva :

— Alors vas-y ! Et tu me rendras compte en revenant.

— B… bien patron.

Francis attendit que l'assistant soit parti et :

— Résumons. Nous avons, peut-être. Je dis bien peut-être. Parce que si les analyses ADN sont négatives, tout est à recommencer. Un jeune homme bien sous tout rapport, du nom de Maxime Dubourg, dit Max, qui disparaît il y a 17 ans sans laisser de trace. Et qui revient en macchabée, dans le port du Rocher. Avec peut-être une nouvelle identité : Marc Dupontel. Et une paire de c… en moins. Ou alors on a seulement Marc Dupontel, sur lequel on ne sait encore rien. Pourtant je suis à peu près sûr que nous avons à faire au même bonhomme et qu'en plus il n'avait pas beaucoup d'imagination, il a gardé les mêmes initiales « M.D ». Il ne devait pas avoir envie de broder à nouveau ses mouchoirs et ses slips.

— Qu'est-ce qu'on fait ?

Francis ne répondit pas directement :

— Est-ce que M. Dubourg t'a donné les noms des copains de Max ?

— Non. Et je ne les lui ai pas demandés. Je ne vois pas l'intérêt.

Francis retint de toutes ses forces un soupir d'agacement.

— Plus on a de détails. Mieux c'est. Téléphone-lui et demande-lui.

Perrier obtempéra. Posa la question, nota. Tendit penaud le papier à Delani :

— Tu avais raison. J'aurais dû demander.

Sur le papier, il avait écrit : François Chalon. La première victime.

— C'était le meilleur ami de Max. Ami d'enfance en plus.

Francis se leva. Tout excité, ils avaient enfin quelque chose à se mettre sous la dent :

— Nous n'avons plus besoin de l'analyse ADN. Il s'agit bien de Dubourg. Et les autres sont les copains avec qui il était ce soir-là. Il s'est passé quelque chose de grave à cette fête. Qui a bouleversé Max. Plus lâche, ou plus scrupuleux, il a préféré disparaître. Les autres plus courageux ou plus pourris sont restés, gardant le secret. Petite conspiration entre copains.

Jacques l'écoutait en le regardant aller et venir dans le bureau. On lui avait parlé des cellules grises de son ami, mais le voir en action était impressionnant. Seulement il trouvait qu'il s'emballait un p'ti chouïa.

— Attends… attends… tu vas un peu vite là. Ta théorie est très sympa, mais elle n'est étayée par aucune preuve. Si c'est vraiment Dubourg, il y a mille raisons qui pourraient expliquer sa disparition. Sans que Chalon et les autres y soient mêlés. C'est peut-être une coïncidence. Et cela ne nous dit pas qui est le meurtrier.

Francis avait cessé son manège et l'écoutait :

— Tu as tout à fait raison. Seulement je ne crois pas aux coïncidences. Alors on va sortir des archives l'enquête sur la disparition. On aura le nom des autres copains et on saura.

— Et Marc Dupontel ?

— Max a eu le mal du pays, il est revenu sous une fausse identité. Il faut « visiter » sa maison de fond en comble. On trouvera peut-être un indice sur le « pourquoi ». Et comme je dis toujours, avec le « pourquoi », on aura le « qui ». Tu peux me faire sortir les archives, je vais les potasser ce soir à la veillée.

Perrier prit le téléphone :

— Pincheau ! Sortez-moi le dossier DUBOURG 1989 ! J'attends !

Il raccrocha.

— Tu aboies toujours comme ça avec tes subordonnés ?

Jacques se justifia :

— Si je ne gueule pas, ils ne foutent rien !

Ils bavardèrent quelques minutes sur les difficultés de se faire obéir jusqu'à, ce que Pincheau amène un gros dossier. Delani s'en saisit et après de courtes salutations quitta le commissariat.

*

* *

Francis ne put attendre le soir pour mettre son nez dans le dossier de disparition. Cela lui prit deux bonnes heures pour en prendre connaissance. Content de ce qu'il venait de lire, il se frotta les mains. Sidonie, allongée dans le sable à ses côtés lui demanda :

— Je peux savoir ?

— Tu sais bien que les autres vont vouloir savoir eux aussi. Tu veux bien que l'on repousse à ce soir. Tu sais à quel point je déteste me répéter.

Elle lui lança du sable en riant :

— Espèce d'hypocrite. Tu adores parler et parler encore d'une enquête.

— Parce qu'en même temps, cela me permet de réfléchir et de trouver de nouveaux indices. Tu comprends ?

Jean qui revenait d'une trempette, l'aspergea :

— Alors raconte-nous en avant première. Je suis tout aussi impatient que Sidonie. Maïté aussi. N'est-ce pas ma chérie ?

Cette dernière qui lézardait en sommeillant, dit sans ouvrir les yeux :

— Pascal et Thibault vont faire la gueule quand ils sauront qu'on a fait ça sans eux.

Sidonie s'appuya sur un coude pour regarder son mari bien en face.

— Avoue. Pourquoi tu ne veux pas parler maintenant ?

Francis dégaina ses fossettes :

— Parce que ma chérie, je t'ai promis de ne pas empiéter sur nos vacances.

Elle déposa un baiser sur sa bouche, abondant dans son sens comme si elle acceptait son explication :

— Voilà pourquoi je t'aime. Ta prévenance me fait fondre. Alors comme je t'aime et que je sais que tu brûles de tout nous raconter, on t'écoute.

Il n'eut pas besoin de plus d'encouragement. C'est exactement ce qu'il voulait : qu'elle le « supplie » de parler. Ainsi, elle ne pourrait lui faire le reproche de les « bassiner ». Très fier de sa tactique, il se lança dans le résumé de ce qu'il avait appris le matin même chez Perrier. Puis passa au dossier de la disparition. Sidonie et Maïté compatirent :

— Pauvres parents. Cela doit être terrible d'attendre pendant des années, sans savoir. Ils ont dû vivre un véritable calvaire. Quelle est la chose qui a pu pousser ce garçon à partir. Comme ça !

Elle claqua des doigts. Francis reprit son exposé :

— Max Dubourg, le disparu était un garçon sans histoires. Enfant unique de parents bien sous tout rapport. Il part en goguette le soir du 14 juillet avec des copains. Jusque-là rien d'anormal. Ils ont tous entre vingt-trois et vingt-quatre ans. Alors… Officiellement. Selon le témoignage des copains, ils ont perdu de vue Max pendant le feu d'artifice. Là encore rien d'exceptionnel. La police, les pompiers, les sauveteurs en mer, ont passé la région au crible. Rien, ils n'ont rien trouvé. Le gosse c'est volatilisé.

Sidonie qui n'avait pas bougé, dit pensive :

— Jusqu'à hier où il revient en cadavre émasculé. Qu'est-ce qui a bien pu lui arriver ?

Puis elle devint plus éveillée :

— D'accord. Mais tout ça n'explique pas pourquoi tu te frottais les mains en refermant le dossier.

Francis souriait :

— Ah ma petite femme chérie ! Toujours aussi observatrice.

— Alors dis-nous ce que tu as trouvé. Arrête de te faire prier.

— Voilà… Voilà. Les quatre potes en questions sont : François et Max, ils viennent de finir leur année de licence de droit. Julien a réussi sa troisième année de médecine et Eric sort d' UIT Tech de Co.

Il regardait son auditoire. Guettant leurs réactions. Il continua, ménageant le suspens.

— François et Max étaient amis d'enfance, ils ont rencontré les deux autres dans des soirées d'étudiants et sont devenus copains.

Tout d'un coup Jean s'exclama :

— Dieu me chatouille ! Ce sont les quatre victimes du coupeur de c… !

— Bingo ! Un point à Jean le Magnifique !

Pascal et Thibault arrivèrent sur ces entre-faits.

— Qu'est-ce que notre Jean a découvert ?

Francis réagit aussitôt :

— Tu vois ma chérie, je vais être obligé de tout répéter pour ces deux-là.

Les deux arrivants s'installèrent dans le cercle. Thibault se renseigna.

— Je parie qu'il y a du nouveau dans l'enquête et que vous ne nous avez pas attendus pour en parler.

Maïté renchérit :

— Je vous avais dit qu'ils ne seraient pas contents. Alors vas-y recommence.

Ce qu'il fit sans se faire prier. Quand il eut fini, ils restèrent silencieux. Sidonie fut la première à parler :

— Si je te suis bien, tu nous dis que le meurtrier est quelqu'un qui revient du fond des temps, pour se venger de quelque chose qui s'est passé ce soir-là. Que le jeune Max horrifié a fui et que les autres sûrs d'eux sont restés…

— Sûrs d'eux ou innocents…

La coupa Maïté. Francis reprit la balle.

— Non. S'ils avaient été innocents, ils ne seraient pas six pieds sous terre, privés de leurs bijoux de famille.

— On en revient à ce que je disais. C'est une femme qui les a tués. C'est un crime à connotation sexuelle : « Tu m'as violée. Je te prive de l'arme du crime ».

Pascal renchérit :

— « Et je te regarde mourir ». Dans le rapport sur les crimes, il est noté que les lieux où ont été découverts les corps, ne sont pas les lieux du crime. La nana les regarde se vider de leur sang. Puis elle les jette là où on les a trouvés. Les corps étaient exsangues, le criminel a dû avoir du mal à éponger.

Francis objecta :

— Elle doit être vachement baraquée ta nana. Si tu voyais le tour de taille de Dubourg, tu comprendrais qu'il lui a fallu un treuil pour le lever.

Jean mit son grain de sel :

— Un treuil ou un complice.

Ils le regardèrent, tous étonnés par sa réflexion. Il se justifia.

— Ben oui. Elle a sans doute parlé de son histoire à quelqu'un. Ce quelqu'un a pris son parti et l'aide à accomplir sa vengeance.

Francis balaya l'hypothèse d'un geste de la main. Il restait sur sa première impression :

— Non. Non. Pour moi c'est un homme seul.

— Pourquoi pas un couple ?

Sidonie était contente de sa trouvaille. En tous les cas cela faisait réfléchir les autres. Francis se tourna vers elle.

— Chérie je vais te remettre à contribution. Tu es d'accord ?

Elle lui caressa la joue.

Tu le sais bien.

— Alors, il faut chercher dans ton journal un fait divers quelconque qui se serait passé à cette époque-là, n'importe où à cinquante kilomètres à la ronde. Si les gosses ont menti sur leur emploi du temps, on peut supposer qu'ils aient pris une voiture et soient allés ailleurs qu'à Arcachon.

Jean insista :

Il faudrait chercher dans les archives de la police également. Une personne a peut-être porté plainte, mais les enquêteurs n'ont pas relié les deux cas. Ils n'ont pas trouvé les coupables et la victime se venge.

Maïté s'écria :

17 ans après ! Elle a la rancune tenace.

Jean souligna :

Cela dépend de ce qu'elle a subi. Ensuite. Ne connaissant pas ses agresseurs, elle a peut-être cherché pendant toutes ces années et elle a enfin trouvé.

Ils continuèrent ainsi à supputer tout le reste de la soirée.

Avant dîner Francis avait appelé Jacques pour lui demander de lancer une recherche sur toute la région, concernant une plainte qui aurait été déposée le 14 juillet 1989 et les jours suivants. Sidonie en fit autant avec son assistante.

CHAPITRE IV

Les recherches de Valérie l'assistante de Sidonie, ne donnèrent aucun résultat. Pas de fait divers notable relaté pour le 14 juillet et les jours suivants.

La pêche fut plus fructueuse du côté de la police. En plus des quelques plaintes déposées pour vol à la roulotte, le père d'une jeune fille avait porté plainte, le 15 dans la matinée, pour l'agression qu'elle avait subie dans la nuit. Plainte qu'il avait retirée plus tard dans la journée. Il n'y avait donc pas eu d'enquête.

La jeune fille s'appelait Sandrine Destrailly. Elle avait 22 ans au moment des faits. Étudiante en médecine… Dans la nuit du 14 au 15 juillet 1989 elle avait été agressée par quatre individus, alors qu'elle rentrait chez-elle après le feu d'artifice, ils lui étaient tombés dessus dans le parc Mauresque. Ils l'avaient violée sauvagement, sauf l'un d'eux qui était chargé de faire le « pet ». Elle n'avait pu les voir car il lui avait bandé les yeux et l'avait bâillonnée. Elle ne sut dire combien de temps cela avait duré, en tous les cas, après qu'ils l'aient abandonnée dans l'herbe, elle était rentrée chez-elle vers les quatre heures du matin. C'est le bruit de la douche dont elle n'arrivait pas à sortir et ses sanglots, qui avaient réveillé ses parents.

La police n'avait pas eu le temps d'entamer la procédure : Photos, examens médicaux, déposition… Que le père revenait et sans explication retirait la plainte.

L'information laissa la petite bande de penseurs plus que perplexe.

— De toute évidence celui qui faisait le guet devait être Max. Il a dû assister au drame sans avoir le courage ni d'intervenir, ni de participer. Après, prenant son courage à deux mains, il a fui. Vraiment bien sous tout rapport le garçon.

Francis sirotait son café en faisant cette remarque. Maïté s'exclama

— Parce que tu crois vraiment que ces quatre agresseurs sont nos victimes ?

— Qui d'autres ?

— Ce serait une sacrée coïncidence quand même.

— Je ne crois pas…

Sidonie le coupa :

— Aux coïncidences on sait. Mais mon chéri tu as l'air tellement sûr de ce que tu avances. Pourtant il y a de sacrées zones d'ombre…

— Lesquelles ?

Il était presque agressif.

— Ben… pourquoi le père a-t-il retiré sa plainte ? Qu'est devenue cette jeune fille ? Actuellement elle est peut-être morte. À l'étranger. Mariée et heureuse de l'être…

Maïté remarqua :

— Elle avait peut-être menti à son père pour justifier sa rentrée tardive et en la cuisinant il a découvert le pot-au-rose. Voilà pourquoi il a retiré sa plainte.

Francis se leva :

— Inutile de spéculer tant que nous n'aurons pas rencontré cette petite famille. J'appelle Jacques pour qu'il la retrouve. Je suis prim's pour la douche. Qui voudra venir avec moi interroger ces gens ?

Sidonie fut la première à lever la main.

— Moi.

Il stoppa son élan :

— Ma chérie je ne crois pas que ce soit une bonne chose.

Il posa la main sur son ventre rebondi :

— Il fait chaud et ton gros bidou…

Elle lui caressa la joue.

— D'abord c'est à cause de toi que je suis dans cet état. Ensuite, je ne suis pas malade, je suis enceinte. Alors ne crois pas que tu vas pouvoir continuer à t'amuser tout seul.

Elle l'embrassa :

— Capicce amore moi ??? Alors va prendre ta douche, je te suis.

— Ma chérie, ma chérie… tu sais que je ne peux rien te refuser et tu te joues de moi…

Il secouait la tête, navré :

— Je ne suis qu'un pantin entre tes mains de manipulatrice…

Il regagna la maison. Les témoins de la scène riaient. Ils n'avaient pas vu le sourire de Francis, trop heureux de travailler à nouveau avec sa femme.

*

* *

Ils faisaient des courses sur le marché, quand Jacques appela Francis sur son portable :

— Francis ? On a retrouvé les Destrailly. En fait, ils n'ont pas quitté Arcachon. Ils habitent toujours à la même adresse. Possèdent toujours leur étude d'architecte. Lui dessine. Elle décore. Leur petite entreprise marche bien. On y va ?

Delani hésita un instant :

— Euh… je vais y aller avec Sidonie. Une femme enceinte les incitera peut-être à se montrer plus coopératifs.

Perrier protesta :

— Tu oublies que c'est mon enquête. Et ta femme ne fais pas parti de la police… c'est même une journaliste.

Delani l'amadoua :

— Bien entendu que c'est ton enquête. Mais c'est moi que tu as appelé au secours, c'est moi qui ai trouvé les Destrailly. En plus, tu as été bien content de son coup de main à ma journaliste. Alors donne-moi cette adresse. Je te ferai mon rapport. Au fait vous avez des infos pour Marc Dupontel ?

Jacques mit du temps à répondre, comme si cela lui faisait mal de le dire :

— Tu avais raison. Dupontel et Dubourg ne font qu'un. Les empruntes ne mentent pas. Idem pour l'ADN.

— Hun… Vous avez trouvé des papiers ? Des photos ? Des lettres ?

— Non. Rien.

— Trace d'une femme ?

— Non.

— Pourquoi portait-il une alliance alors ? Il faut creuser de ce côté. S'il y avait une femme dans sa vie, il lui aura peut-être livré ses secrets.

Jacques se le tint pour dit et donna sans plus discuter le renseignement qu'attendait son ami. Ils raccrochèrent après ça.

— Ma chérie, pas de sieste cette après-midi. Nous avons une visite à rendre.

Sidonie ne se laissa pas démonter :

— L'un n'empêche pas l'autre. On peut faire les deux. Nous n'allons pas déranger ces gens à des heures indues. Ça se trouve ils seront à la plage, comme tout le monde. On devrait les appeler pour prendre rendez-vous…

— Et leur mettre la puce à l'oreille… pour qu'ils préparent leurs réponses. Non. Non. La surprise ma chérie. Sachons ménager la surprise. Nous irons pour l'apéro.

À dix-huit heures pétantes, ils étaient tous les deux devant le grand portail de la maison des Destrailly. Maison de style arcachonais, jaune et blanche avec le bord des toits en dentelle. Un jardin fleuri. Une piscine turquoise. Pelouse émeraude. Tout était pimpant. Un homme, la soixantaine sportive, cheveux argent, bronzé, en slip de bain, apparut sur le pas de la porte d'entrée. Interrogatif. En voyant le couple qui se tenait devant le portail, il s'avança intrigué.

— Messieurs-dame ? Que puis-je pour vous ?

Francis sortit sa carte tricolore.

— M. Destrailly ? M. Daniel Destrailly ? Je suis le Commissaire Divisionnaire Delani. Et voici mon assistante Mme Fervel.

Il continuait à présenter sa femme sous son nom de journaliste. Il ne voulait pas créer de confusion dans l'esprit de ses interlocuteurs.

— Nous aimerions vous parler.

L'homme était debout devant eux. Un éclair d'inquiétude passa dans ses yeux d'un bleu profond.

— À quel sujet ?

Francis pivota sur lui-même, montrant le voisinage.

— Je ne crois pas que l'endroit soit adéquat pour parler. Acceptez-vous de nous recevoir ?

L'homme se raidit, les dévisageant tour à tour :

— Est-ce que j'y suis obligé ?

Francis devint glacial. Pas menaçant, mais froid :

— Non. Si vous le préférez, nous pouvons vous convoquer.

Il s'adressa à Sidonie, ignorant totalement son interlocuteur :

— Madame Fervel. Avez-vous pris le carnet des formulaires A-632 ? Nous allons en remplir immédiatement un pour une convocation.

Madame Fervel fouilla dans son grand sac, pendant que Francis continuait :

— Voyons… Il est 18h05… disons 18h30…

M. Destrailly dit agacé :

— Bon ça va j'ai compris… entrez…

Il se décida enfin à ouvrir la grille et laisser entrer les deux importuns. Francis céda le passage à Sidonie. Destrailly leur fit signe de le suivre. Ils pénétrèrent dans un salon spacieux, ensoleillé, joliment décoré, digne d'une décoratrice. La pièce donnait sur la piscine. Sur les meubles et la cheminée, des cadres d'argent avec des photos.

Une femme du même âge que Destrailly entra à ce moment-là. Elle aussi était en maillot. Un paréo ceignait sa taille. Visiblement le couple lézardait à l'arrivée des deux fâcheux. Elle passa par les mêmes phases que son mari : Interrogation. Suspicion. Hostilité.

Le regard qu'ils échangèrent quand elle apprit que c'était la police n'échappa ni à Francis, ni à Sidonie. Culpabilité ou anxiété ? Les deux sans doute. Très polie Mme Destrailly montra les fauteuils. Tout le monde s'installa. Francis resta silencieux. Il voulait que ce soit l'un des Destrailly qui parle en premier. Curieux de connaître leur première question. C'est le mari qui se lança :

— Alors ? De quoi désirez-vous nous parler ?

Curiosité légitime, mais pas intense.

— Nous menons actuellement une enquête. Et au cours de cette enquête, nous sommes tombés sur une plainte déposée par vous M. Destrailly. Le 15 juillet 1989. Concernant une agression que votre fille aurait subie…

Les deux limiers notèrent que le couple en face d'eux se prenait la main.

— Ce qui nous intrigue c'est la raison pour laquelle vous avez retiré cette plainte. Et la vitesse à laquelle vous l'avez retirée. J'ai besoin de savoir pourquoi, afin de poursuivre mon enquête.

Après avoir avalé sa salive Daniel qui avait repris son sang froid demanda :

— Je ne vois pas en quoi votre enquête peut se recouper avec ma plainte, surtout 17 ans après. Sur quoi porte-t-elle ?

Cinglant Francis répondit :

— Ça. Je n'ai pas à vous le dire… Alors ?? Pourquoi avez-vous retiré votre plainte ?

Daniel se leva d'un bond. Et tout aussi cinglant que son adversaire, il lâcha :

— Moi non plus monsieur je n'ai pas à vous le dire. Ceci est une affaire privée. Maintenant je vais vous demander de nous laisser tranquilles ma femme et moi.

Loin d'être impressionné Francis ne bougea pas, posant une main apaisante sur le genou de Sidonie qui faisait mine d'obtempérer.

— Comme je vous l'ai dit tout à l'heure monsieur, si vous ne me le dites pas ici, je vous convoquerai et là tout deviendra très officiel et beaucoup moins amical… vous n'avez toujours pas répondu à ma question.

Daniel tournait en rond dans le salon. De toute évidence il était plus que contrarié.

Il se tourna d'un bloc :

— Il s'agit d'une affaire privée vous entendez!!! Une affaire privée! Si vous me convoquez je viendrais avec mon avocat.

— Vous regardez trop les séries américaines monsieur. En France les avocats ne rentrent en scène qu'au moment de l'inculpation. Et vous n'êtes pas encore en garde à vue. Pour l'instant vous n'êtes interrogé qu'en tant que témoin. Maintenant, si vous insistez…

Francis s'était levé lui aussi et maintenant les deux hommes se défiaient. Yeux dans les yeux. Nez contre nez. Les deux femmes échangèrent un regard. La situation s'envenimait. Sidonie s'adressa à la femme, comme si de rien n'était:

— Et vous madame, accepteriez-vous de répondre à cette question? Ou alors dites-nous où trouver votre fille. C'est à elle que nous poserons cette question. Après tout, c'est elle qui a été agressée. C'est donc à elle de répondre.

Elle se leva. Se dirigea vers la cheminée, ignorant totalement les deux hommes.

Défila devant les photos. Se saisit de l'une d'elle. Une jeune fille d'environ vingt ans, la fixait. Souriante. Brune. Cheveux courts. Yeux de la même couleur que ceux de son père. Même port de tête que sa maman. Elle rayonnait. Sidonie en eut la gorge serrée. Si cette jeune fille avait été agressée comme le racontait sa plainte, elle avait dû être brisée en mille morceaux. Physiquement et moralement. Sidonie caressa son ventre. Que jamais. Jamais, le petit être qu'elle portait n'ait à subir une telle épreuve. Elle se tourna vers Mme Destrailly. Les deux hommes avaient cessé leur affrontement.

— C'est votre fille sur cette photo, n'est-ce pas ? Elle est ravissante.

La femme se leva à son tour. S'approcha d'elle et en regardant le cliché dit d'une voix atone :

— Était… Elle était ravissante… En effet.

Daniel abandonna Francis et s'approcha de sa femme. La prenant par les épaules comme pour la protéger. Sidonie et Francis échangèrent un regard. Sidonie demanda :

— Vous voulez dire qu'elle est…

Daniel devança sa femme :

— Morte ? Oui madame. C'est ça… notre fille est morte.

Francis eut le même geste de protection envers sa femme que Daniel précédemment. Il savait que cette nouvelle la bouleverserait. Sidonie prit les mains de Martine.

— Je suis navrée madame.

Elle l'attira vers elle, la dégageant de l'étreinte de son mari en douceur. Puis tout aussi doucement elle la guida vers le canapé face à la cheminée.

— Vous voulez bien me dire ce qui s'est passé.

Martine se laissa faire, fit « oui » de la tête en s'asseyant. Daniel qui avait rendu les armes, prit place à côté d'elle. Lui prenant la main pour l'encourager. La voix cassée Martine entama son récit :

— Ce matin-là, j'ai été réveillée par les sanglots de Sandrine. Elle était dans sa salle de bains, contiguë à notre chambre. Je ne l'avais jamais entendu pleurer ainsi. L'eau de sa douche coulait abondamment. Je me suis précipitée et l'ai trouvée recroquevillée sur elle-même. Elle n'avait pas enlevé ses vêtements. Son pauvre corps était couvert de bleus. Je l'ai prise dans mes bras. Daniel est arrivé à ce moment-là. Il l'a soulevée et emmenée dans sa chambre. Nous l'avons déshabillée, frictionnée, mise au lit. Ses sanglots étaient irrépressibles. Nous ne lui avons posé aucune question. Elle aurait été incapable de répondre. Notre médecin de famille est venu lui faire une piqûre. Nous avons attendu qu'elle fasse effet, puis Michel l'a examiné. Son constat fut terrible. Elle avait été violée. Battue.

Son mari lui tendit un mouchoir en papier. Pendant qu'elle se mouchait, Daniel prit la suite.

— Nous avons attendu son réveil.

Francis l'interrompit :

— Est-ce que votre médecin a fait des prélèvements.

Les parents échangèrent un regard, Daniel assura :

— Euh… non. Nous n'y avons pas pensé… Et puis Sandrine était restée si longtemps sous la douche…

— Hum… je comprends… continuez…

— Sandrine s'est réveillée vers les 17h. À force de persuasions, nous avons réussi à la faire manger. Pendant qu'elle prenait son repas, nous l'avons fait parler et nous avons fini par savoir ce qui lui était arrivé. Ma femme et moi étions horrifiés. Quand la petite est retournée dormir, je suis allé au commissariat et j'ai porté plainte. Je voulais que la police retrouve ces salauds… Le lendemain j'ai voulu l'emmener pour qu'elle fasse sa déposition, comme me l'avait demandé le flic… euh pardon… le policier…

Francis eut un geste de la main signifiant de laisser tomber. Daniel reprit :

— Sandrine s'est mise dans une colère noire. Elle refusait d'y aller. Elle ne voulait pas que son histoire sorte de nous trois. Pas d'enquête. Pas de journaux. Pas de procès. En un mot « black out » total. Même pour notre famille.

— Vous lui avez obéit. Vous avez donc retiré la plainte.

Les parents acquiescèrent.

— Et après ? Que s'est-il passé ?

Martine reprit le flambeau :

— Elle n'est plus sortie de la maison. Ses amis, son petit ami, téléphonaient. Elle refusait de leur parler. Philippe est même venu ici. Il voulait la voir. Avoir une explication…

Martine secoua la tête, navrée :

— C'était un garçon adorable. Ils étaient très amoureux, devaient se marier à la fin de leurs études. Il ne comprenait pas ce qui arrivait et était terriblement malheureux. Elle, pleurait sans arrêt. Nous ne savions plus quoi faire pour l'aider. À part l'entourer de notre amour. La constance de Philippe finit par la toucher. Elle a accepté de le voir. Nous n'avons jamais su ce qu'ils s'étaient dit ce jour-là. Mais nous n'avons plus jamais revu Philippe.

Daniel se tenait la tête dans les mains. Martine eut encore un hochement :

— Au mois d'août, notre fils est rentré des États-Unis où il faisait un stage. Nos enfants étaient très liés. Il a tout de suite compris qu'il se passait quelque chose d'anormal. Il l'a harcelée jusqu'à ce qu'elle lui parle. Il est devenu fou de colère. Il ne comprenait pas qu'elle se refuse à porter plainte. Ils se disputaient sans cesse. Notre vie était devenue un enfer…

Elle soupira profondément. Gardant le silence… les yeux fixant l'âtre froid. Puis elle reprit :

— Tous les rêves que nous avions faits pour nos enfants étaient détruits. Piétinés. Anéantis… En septembre, elle nous a annoncé qu'elle ne retournerait pas en fac à la rentrée. Nous étions atterrés. Une fois de plus Alain, notre fils s'est mis en colère. Ils ont hurlé pendant des jours. Il voulait la convaincre de ne pas abandonner ses études. De ne pas abandonner sa vie. Mon mari et moi nous l'avons soutenu. À nous trois nous avons réussi à la persuader de partir en Australie. Chez son oncle. Le frère de mon mari. De se faire soigner et de poursuivre ses études. De continuer sa vie. Puisqu'elle ne voulait pas obtenir justice. Elle a fini par céder. Trois semaines plus tard, nous étions tous à Cambera… c'est le cœur brisé que nous avons laissée notre enfant entre les mains de mon beau-frère.

Sa voix était de moins en moins audible.

— Nous avions même envisagé de nous installer là-bas. Elle s'est arque-bouter contre cette idée. Alors nous sommes rentrés. Sandrine n'est jamais revenue en Europe. Alain a terminé HEC. Il vit avec sa femme et ses enfants aux États-Unis. Nous nous retrouvions plusieurs fois par an, à Sydney. Chez Sandrine. Elle est devenue gyneco. A épousé un chirurgien en cardio… Ils ont eu deux enfants… Thomas et Joshua.

Cette fois c'était fini, elle ne pouvait plus parler. Sidonie l'encouragea :

— Depuis combien de temps est-elle morte ?

Daniel. Les yeux rougis prit la relève.

— Ils sont morts tous les quatre dans le tsunami. En Thaïlande. En 2004. C'est là-bas que nous devions nous rejoindre pour les fêtes de fin d'année. J'avais un contrat important à signer à Pékin et c'est à l'aéroport que nous avons appris la catastrophe, parce que plus aucun avion ne décollait en direction de la Thaïlande. Heureusement, Alain et sa famille étaient en vol quand c'est arrivé… leur avion a fait demi-tour, nous nous sommes retrouvés à Singapour. Nous avons attendu des nouvelles pendant des semaines. Ma femme et moi sommes allés sur place dès que cela a été possible. Leur… notre hôtel avait été balayé par la vague… nous n'avons jamais retrouvé leurs corps…

Un silence lourd de tristesse tomba. Sidonie ne pouvait retenir ses larmes. Le résultat du crime des quatre était édifiant. Elle se surprit à penser que ce qui leur était arrivé n'était que justice. Francis parla enfin :

— Je suis absolument navré de ce qui vous est arrivé… si seulement… enfin. Inutile de revenir en arrière. Ce qui est fait est fait… Puis-je vous poser la deuxième question qui justifiait notre visite ?

— Allez-y.

— Connaissez-vous M. François Chalon ?

— François ? Bien entendu. Nous n'étions pas à proprement parler des amis, nous siégions ensemble au conseil municipal. Mais ?... Il est mort. Il y a un an ou deux. De façon assez atroce d'ailleurs...

— Il est mort en 2006. À la mi-juillet. Émasculé.

Francis guetta la réaction de ses vis-à-vis. Rien de notable. Sauf une moue de dégoût de la part de Martine.

— Et Éric Delamont ? Cela vous dit quelque chose ?

Moue d'ignorance...

— Julien Dupré ?

Idem.

— Max Dubourg ?

Petite étincelle dans le regard de Martine.

— Dubourg... Dubourg...

Elle se tourna vers son mari.

— Il n'y avait pas un Maxime Dubourg receveur de la poste d'Arcachon ?

— Ah oui ! Tu as raison. Un monsieur très gentil. Mais il avait toujours l'air tellement triste. C'est de lui dont vous parlez ? Que lui est-il arrivé ?

Martine ajouta :

— C'est pas lui dont le fils avait disparu ?

Francis les renseigna :

— Oui... C'est ça... Max... Il est revenu.

Étonnement des Destrailly.

— Oh mon Dieu. Les parents doivent être si heureux. Au bout de tant d'années.

— Cela fait 17 ans. Max a disparu dans la nuit du 14 au 15 juillet 1989…

Martine remarqua :

— C'est le jour où… notre fi… Euh… Sandrine… c'est fait attaquer. Vous… vous croyez qu'il pourrait être l'un des agresseurs ? Vous allez pouvoir l'arrêter ? C'est pour ça que vous êtes là ?

Les parents étaient pleins d'espoir. Francis regarda Martine goguenard :

— L'arrêter ?… Pourquoi ça ?… Aucune plainte n'a été déposée contre lui que je sache ?… De toutes les façons lui aussi est mort… comme les autres… émasculé.

Il observa la réaction des parents… Rien de probant, à part la surprise normale. Puis il se leva :

— Bien. Nous allons vous laisser. Nous vous remercions de nous avoir reçus. Vous venez Mme Fervel ?

Les deux couples se séparèrent devant le portail.

Sur le chemin du retour Sidonie ne put retenir ses larmes :

— Chérie ? Tu pleures ?

La gorge trop serrée elle resta silencieuse. Dès qu'il en eut la possibilité Francis se gara.

— Que se passe-t-il ma chérie ?

Il était bouleversé.

— Je ne supporte pas de te voir pleurer. Dis-moi qui t'a fait de la peine que j'aille lui casser la gueule.

Un pâle sourire éclaira le visage de Sidonie. Elle caressait son bidou.

— Je pensais à cette petite Sandrine. Quel destin épouvantable. Se faire violer, être obligée d'abandonner sa vie et finir engloutie avec toute sa famille par un tsunami. J'ai peur mon chéri. J'ai peur pour notre petite. Tu te rends compte s'il lui arrivait la même chose.

Francis retint un soupir de soulagement. Il avait eu très peur.

— Je ne le laisserai pas faire. Je ne les laisserai pas faire. Personne ! Tu entends. Personne ne fera de mal à notre petite. J'y veillerai. Qui c'est le flic ici ?

Il l'embrassa. Elle souriait vraiment cette fois.

— Je t'aime ma chérie. Je vous aime tous. Même le Golum avec sa tronche écrasée et son haleine fétide. Alors je ne permettrai à personne de nous faire du mal.

— Tu es mon chevalier en armure ?

— Et mon destrier piaffe à l'écurie.

Ils restèrent enlacés plusieurs minutes. Il conclut :

— J'ai attendu trop longtemps notre vie ma chérie.

— Moi aussi. C'est pourquoi j'ai peur.

— Alors chasse cette peur. Tu vas nous porter la poisse.

— Tu as raison. Je suis idiote. Rentrons. J'ai envie de tous les embrasser. Y compris le Golum.

Ce qu'ils firent au plus vite.

*

* *

Ce soir-là, la conversation autour de la table, fut nourrie par la visite de Sidonie et Francis aux Destrailly. Ils furent tous navrés du drame vécu par cette famille. Francis resta pensif pendant qu'ils faisaient des commentaires. Thibault lui demanda :

— Tu fais marcher tes petites cellules grises ?

Francis revint du pays de la réflexion.

— Ouais ! Et voyez-vous j'ai une question qui me travaille.

— Laquelle ?

Interrogèrent-ils.

— Pourquoi ne se sont-ils pas affolés ?

— Comment ça ?

Demanda Sidonie.

— Voilà. Ils étaient intrigués, hostiles même, mais pas affolés.

— De quoi parles-tu ?

Dit Maïté.

— Moi je sais.

Dis Jean. Il échangea un regard entendu avec son ami. Francis lui fit signe de parler :

— En principe quand on reçoit la visite de la police, ce n'est jamais pour une bonne nouvelle. Les Destrailly ont été curieux, hostiles, mais pas inquiets.

— Voilà ! Ils n'ont pas eu peur qu'un accident quelconque ait pu arriver à quelqu'un de leur famille. Comme si ils avaient su qu'il n'y avait pas de danger pour eux.

Pascal expliqua :

— Normal. Leur fille, son mari et les petits sont morts. Quant au fils il est aux States. En sécurité certainement. Croyez-moi. Aujourd'hui, si je voyais les flics devant chez-moi j'aurais la même réaction qu'eux. Curiosité et peut-être hostilité. Mais pas d'affolement. Car tous ceux pour qui je pouvais me faire du souci sont morts.

Un ange, ailes chargées de tristesse passa. Puis Jean lui donna une grande claque dans le dos :

— Merci pour nous ! Tu viens d'avouer que nous ne comptons pas pour toi, mon gars.

Thibault était gêné. Il portait encore la culpabilité des actes de son « ex ». Il se sentait encore responsable du drame vécu par son ami. Pascal le regarda et comprit son mal-être. Il le rassura :

— Navré Thibault. Je me suis mal exprimé. Bien sûr que je vous aime tous. Sans vous, je ne serais pas en vie… Je voulais simplement dire que ces pauvres gens ayant déjà perdu beaucoup, sachant ceux qu'ils aiment à l'abri, n'avaient aucune raison de « s'affoler », comme tu dis si bien Francis.

Le Francis en question restait pensif. Il évaluait la nouvelle donnée.

— Hun… Si ce que tu dis est juste et qu'ils n'étaient pas inquiets, c'est donc bien de l'hostilité que j'ai décelée.

Sidonie intervint :

— Normal. Ils ne voulaient pas répondre au sujet du retrait de la plainte. Ils ont honte...

— Non. Non. Ils ne savaient pas encore pourquoi nous étions là.

— Alors c'est qu'ils n'aiment pas la police qui n'a rien fait pour retrouver les agresseurs de leur fille.

— Si c'est vrai, avoue que c'est injuste. Sans plainte et sans victime, mes collègues d'Arcachon étaient pieds et poings liés... Moi je dis qu'ils nous cachent quelques choses.

— Que veux-tu qu'ils te cachent mon chéri ? De plus leurs réactions à l'énoncé des noms des victimes étaient tout à fait naturelles. Ils connaissaient Chalon parce qu'ils travaillaient tous les deux à la mairie. Quant à Dubourg, c'était un haut fonctionnaire à la poste, normal qu'ils se connaissent également.

Elle lui caressa les cheveux. Il lui prit la main, déposa un baiser dans la paume et conclut :

— Je ne sais pas mon amour. Je ne sais pas. Mais foi de Delani je vais trouver.

— Et je te fais confiance pour ça.

Dit Jean en riant.

— Et comment vas-tu t'y prendre ?

— En premier, je vais fouiller l'appartement de Max, alias Marc.

Maïté s'étonna :

— Jacques ne l'a pas déjà fait ça ?

— Si bien sûr, mais il n'a pas mon œil de lynx et la finesse de Sidonie.

— Et voilà c'est encore mon tour ! Qu'espères-tu y trouver ? Ce garçon est parti les mains vides il y a 17 ans.

— La raison pour laquelle il portait une alliance, d'abord. Ensuite, ce garçon a été témoin d'une agression, au cours de laquelle il n'a pas levé le petit doigt pour venir au secours de la victime. Il a tellement mal vécu la chose qu'il est parti en courant. Il n'a pu en parler à personne. Comme tout être humain, il a dû avoir envie de se soulager d'une façon ou d'une autre du poids de sa conscience.

— Et alors ?

Demanda Thibault :

— J'espère qu'il a écrit un journal.

— Quoi ? ?

Dit la chorale.

— Tu plaisantes ?

Ajouta Jean.

— Ce type n'était certainement pas un « Bridget Jones ». Je le vois mal prendre tous les jours son p'ti carnet, son p'ti crayon et coucher ses sentiments sur le papier. Ce type n'avait rien d'une midinette.

Thibault souligna :

— Il n'y a pas que les midinettes qui écrivent leur journal. De grands hommes et de grands écrivains l'ont fait avant lui.

— D'accord, mais Max n'est ni l'un, ni l'autre. Ça se saurait…

Francis se leva :

— Je ne demande pas les pensées de Pascal. Je veux juste un bon p'ti journal, avec toute son histoire. Ça, ça m'irait très très bien.

CHAPITRE V

Jacques avait montré quelques réticences à donner les clefs du logement de Max. Francis avait eu du mal à lui expliquer qu'il ne voulait en aucune façon passer derrière lui. Vérifier ce qu'il faisait. C'était une idée qu'il voulait vérifier. Rien d'autre.

Cela faisait une bonne heure qu'ils étaient dans la petite maison de Max. Assis dans le salon, ils observaient les lieux. Le décor était typique des meublés. Simple. De bric et de broc. Avec le stricte nécessaire. Neutre. Les policiers avaient laissé un vrai capharnaüm. Les tiroirs renversés. Les armoires vidées de leur contenu. Les papiers en vrac sur la table.

De la vaisselle sale moisissait dans l'évier. Les vêtements dans la chambre étaient du prêt à porté courant. À part une ou deux cravates en soie. Rien que du passe-partout.

— Alors mon chéri ? Où est ce journal d'après toi ?

— Je n'sais pas mon cœur.

Ils étaient debout dans la chambre. Francis se pencha sur le lit. Là où les policiers avaient vidé les tiroirs des tables de nuit. Un tas d'objets hétéroclites gisaient. Pauvres objets du quotidien.

Francis les bouscula, un à un. En faisant l'inventaire : Une boîte de préservatifs.

— Monsieur avait bien une femme dans sa vie.

Dit Francis.

— Ou des femmes.

Francis éluda. Une boîte de somnifères.

— Il avait des insomnies. Sa conscience ?…

Un étui avec des lunettes pour lire. Des pastilles de menthe. Un livre. Des mouchoirs en papiers. Une petite clé. La main de Francis resta suspendue au-dessus du petit objet. Il s'en saisit et la montra à Sidonie, qui la tête dans l'armoire, tapotait, cherchant un son creux, pour une éventuelle cachette :

— Regarde chéri.

Elle se redressa. Louchant sur la clé.

— Tu as trouvé ça où.

Il lui montra le lit du menton :

— Elle devait être dans la table de nuit. L'équipe de Jacques est passée à côté.

— Tu crois que cette clef est importante ?

— Une clef ouvre toujours quelque chose. Importante ou non, nous devons trouver ce quelque chose.

— Il n'y a rien dans l'armoire.

Ils se mirent à tapoter les murs. Les meubles. Le sol. Rien. Rien. Rien. Alors ils s'étaient assis sur le canapé du salon. Pensifs. Soudain… Francis se leva d'un bond :

— On a oublié la salle de bains !

Sidonie le suivie interloquée :

— La salle de bains ? Mais où dans la salle de bains ? Dans la baignoire ? Dans le bidet ?

Francis ne l'écoutait pas. À genou il ouvrait le regard de la baignoire. Enfila son bras. Tâtonna. Rien. Il poussa un soupir de découragement. Assis contre la baignoire, il leva le nez. Ses yeux butèrent sur l'armoire à pharmacie, au-dessus du lavabo. Il se redressa, mu par un ressort. Il tapota le dos du petit meuble.

— Ça sonne creux.

Il était tout excité. Vida le petit meuble de son contenu dans le lavabo. Le souleva.

Dégageant ainsi la pharmacie des crochets qui la maintenaient au mur, ce qui révéla un large trou. L'équivalent de quatre carreaux. Dans le trou, une caisse en métal. De celles utilisées par les commerçants pour mettre leurs recettes et autres petites monnaies.

Francis triomphait.

— HA ! J'avais raison !

Il la sortit en douceur et emmena son trophée dans le salon. Sidonie sur ses talons. Il glissa la petite clef dans la serrure. La tourna. Comme dans du beurre.

— Ha ! J'avais raison !

Sidonie éclata de rire :

— Arrête de crâner et ouvre-la.

Ce qu'il fit avec autant de précautions qu'Ali Baba dans la caverne des 40 voleurs. Ils se penchèrent tous les deux, emplis de curiosité. Le butin déçut Sidonie. Trois gros cahiers d'écolier. Francis les prit avec précaution, il tenait son « Graal », fit défiler les feuilles. Elles étaient couvertes d'une écriture en pattes de mouche. Il jubilait :

— Ha !

Sidonie lui donna une tape dans le dos en riant :

— Oui je sais. Tu avais raison.

Francis se rendit à la dernière page. Il était impatient de lire ce qu'avait écrit Max la dernière fois qu'il avait écrit. Total désappointement. Le charabia était incompréhensible.

— Merde ! Il utilisait un code. On va mettre des plombes à déchiffrer tout ça.

— Montre.

Il lui donna les trois cahiers s'en désintéressant par dépit.

Remit son nez dans la caissette. Deux passeports. Un portefeuille. Il prit d'abord le passeport bordeaux, Français. Le feuilleta. La photo de Max à l'âge de son départ. Le document était à son vrai nom. Valable jusqu'en 1992. De toute évidence il s'agissait de son vrai passeport. Plus loin il y avait des visas de plusieurs pays. Maroc, le 8 août 1989. Côte d'Ivoire un mois plus tard. Puis Venezuela en décembre 89. Plus rien.

— On dirait qu'il s'est installé au Vénézuela. À moins qu'il n'ait changé de nom en arrivant là bas et qu'il ait continué sous un faux nom.

Il se saisit du deuxième document. Bleu. Vénézuélien. Cette fois il était au nom de Dupontel. Delani avait vu juste. Le passeport datait de Janvier 2005. Avec un visa d'entrée en Allemagne au 25 juillet de la même année. Dix jours après le meurtre de Chalon. Relation de cause à effet ?

— Sacré « timing ». Notre ami est rentré dare-dare on dirait. Il a dû apprendre d'une façon ou d'une autre la mort de son ami. Il devait être en contact avec quelqu'un en Europe. Comment aurait-il fait pour savoir autrement.

Sidonie répondit laconique :

— Internet.

— Quoi ?

— Internet. Tous les journaux ont leur site. Consultables par n'importe qui. De n'importe où.

— Voilà ! C'est ça ! Il devait se tenir au courant de ce qui se passe ici en lisant la petite gazette du jour. Il apprend la mort de Chalon et ses circonstances… il rentre au pays.

— Pourquoi ? Se faire tuer à son tour ? Il était en sécurité au Vénézuela.

— Hun… tu as raison. On verra ça dans les cahiers…

— Quand on les aura déchiffrés… Ou alors tu vas devoir faire marcher tes petites cellules. Je propose que nous rentrions à la maison, tu réfléchiras sur la plage.

Il l'écoutait à peine. Il tenait dans la main un paquet de lettres manuscrites, tenues par une faveur. Sous les lettres des photos en couleur. Une femme brune, type sud-américain.

— Je t'avais dit qu'il était marié. Regarde. Il a même des gosses. Un garçon. Une fille. Le choix du Roi. Comme nous ma chérie.

— Des orphelins maintenant. Pauvres petits.

Francis continua :

— Il avait une sacrée belle maison dit donc. Hacienda muy bonita. Ce type avait du pognon. À se demander pourquoi il vivait dans ce gourbi...

— L'anonymat...

— Tu as raison. Il voulait passer inaperçu... Pourtant le meurtrier l'a retrouvé. Oh regarde. Cette photo. Elle n'est pas de la même époque.

Ils scrutèrent le document attentivement. Cinq jeunes gens, cotillons sur la tête. Langue de belle-mère dans la bouche. Verre à la main. Yeux de lapins pris dans les phares. Hilares. Francis nota :

— Petit réveillon entre amis.

Il retourna le cliché. Il était noté : 31 décembre 1988.

— Juste 7 mois avant l'agression. Je suis sûr qu'aucun d'eux ne savais à quel point la nouvelle année allait être mauvaise.

Sidonie pointa l'un d'eux :

— Voilà Max.

— Exact. Les autres doivent êtres ses potes.

— Sauf qu'ils sont cinq en tout.

— Hey ? Mais ça change tout. Cela voudrait dire que nous nous sommes trompés et que nous avons peut-être un des joyeux lurons toujours en vie.

— Mais Sandrine a parlé de quatre agresseurs. Pas cinq. Le cinquième était sans doute là juste pour la fête. Il n'est pas obligatoirement de la bande.

Francis ne répondit pas. Il remettait tout en hâte dans la caissette, la fermait à clé. On aurait dit qu'il avait le feu aux fesses.

— Viens ma chérie. Il faut que l'on mette un nom sur le visage de chacun des ces fêtards.

— En allant voir les familles des victimes. Ils reconnaîtront leur bébé et avec un peu de chance le cinquième larron.

— Très bien. On fait ça demain. Cette après-midi c'est vacances.

Francis stoppa net :

— Mais ?...

Elle déposa un baiser sur ses lèvres et passant devant lui, elle continua :

— Tu as promis mon chéri… Tu as promis : Aucune interférence dans nos vacances. Nous en avons assez fait pour aujourd'hui.

— Mais…

— Demande à Jacques de te trouver ces renseignements. Après tout c'est son enquête.

Son ton était intransigeant. Francis comprit qu'il était inutile d'insister sous peine de représailles. Il la suivit donc. En traînant les pieds, mais il la suivit. Dans la voiture son moral revint.

— Après tout c'est vrai. Il faut qu'il m'aide. Je ne vais pas lui mâcher le travail. On va passer lui déposer la photo. Et puis moi j'ai de quoi m'occuper sur la plage. Je dois trouver le code du journal de Max.

— Voilà… Tu vois. Tu as encore de quoi t'amuser…

Sidonie lui tapota la cuisse avec tendresse.

CHAPITRE VI

C'est avec beaucoup de fierté que Francis fit son rapport à ses amis au repas de midi.

Ils convinrent qu'il avait fait fort. Pendant qu'ils prenaient l'apéro et que les sardines grillaient, Francis avait sorti les lettres. Elles étaient en espagnol. Écrites par une femme prénommée Isabella. À part ses sentiments envers Max, elle parlait de la récolte de l'exploitation. De la santé des enfants : Maximo et Tahyri. Mais rien sur les raisons de la présence de Max en France. Elle ne devait pas être au courant, ou alors elle était très prudente. Maïté dit tristement :

— Il va falloir dire à cette pauvre femme que son mari est mort.

Ils se regardèrent en approuvant. Francis objecta :

— C'est vrai, mais où la trouver ? On sait qu'elle est au Vénézuela, basta. Et tu sais que le Vénézuela est un millier de fois plus grand que la France. Nous n'avons pas les enveloppes, donc pas de tampon. Notre ami était vraiment très fort pour effacer ses traces.

— En tous les cas, pas pour ce qui est de son code…

Thibault feuilletait l'un des cahiers de Max. La curiosité de Francis fut immédiatement en éveil :

— Tu as trouvé le code ?

— Oui. C'est facile. J'utilisais le même pour prendre mes notes en fac. Il s'agit de *speed writing*. En un mot, tu écris plus ou moins phonétiquement…

Francis était enthousiaste :

— Facile. Moi aussi je le faisais. On va traduire ça en moins de deux…

Jean intervint :

— Dans l'absolu oui c'est facile. Seulement s'il a fait comme moi, j'avais un code dans le code. Je ne voulais pas que mes notes soient lues par n'importe qui. Comme nous utilisions tous le même système, il fallait bien se distinguer. Max avait mille raisons pour que l'on ne puisse lire ses pensées. Cela m'étonnerait qu'il n'ait pas corsé son code.

L'enthousiasme tomba comme un soufflet.

— Tu as raison. Je faisais la même chose… je continue d'ailleurs.

Sidonie s'en mêla :

— Je propose que tous ceux qui ont utilisé ce « speed writing » prennent un cahier et tente de déchiffrer les pattes de mouche de Max. Je suis sûre messieurs que votre talent viendra à bout de cette énigme.

— Ma chérie. Tu es un génie !

Il distribua les cahiers. Un à Jean, Thibault garda celui qu'il tenait en main, le troisième pour lui. Sidonie passa derrière lui les reprenant illico.

— D'abord on mange. Après petite sieste et APRÈS on décode. Sur la plage.

L'index levé, elle tourna sur elle-même les regardant dans les yeux :

— On est en va..can..ces !!

— Oui maman…

Dirent-ils en chœur.

Le programme établi par Sidonie fut suivi à la lettre.

Ils étaient donc tous les six allongés sur le sable.

Sages comme des images. Le soleil caressant. L'eau délicieusement fraîche. Les studieux, papier et crayon en main étudiaient les cahiers.

Les autres se délassaient en lisant. De temps en temps, l'un des trois jurait. Apparemment le travail n'avançait pas. La seule chose qu'ils avaient réussi à lire, c'étaient les dates. Et pour cause elles étaient écrites en chiffre.

Jacques appela dans la soirée. Son équipe avait interrogé les familles des victimes.

Y compris M. Dubourg. Ce dernier avait reconnu Chalon sans autres.

La femme de Chalon et de Delamont avaient chacune reconnu leur mari, jeune.

Mais pas les autres. Idem pour les parents de Dupré. En résumé, chacun avait reconnu le sien. Ils étaient tous déçus… sauf Francis.

— Ne faites pas cette tête-là.

Sidonie objecta :

— Ben si. On a des raisons de faire la tête quand même. Cette photo est la seule preuve que la petite bande se fréquentait.

Francis nia :

— Pas du tout, nous avons un autre témoin…

Les autres le regardèrent étonnés :

— Ben qui ?

Il était trop content de leur clouer le bec :

— La personne qui prend la photo… C'est un témoin elle aussi…

Jean tapa de son poing droit, dans sa main gauche :

— Mais c'est bien sûr !!! Le ou la photographe !

— Oui, mais ceux à qui l'on a présenté la photo n'ont reconnu que celui qu'il connaissait, et personne ne sait qui est le cinquième. Et encore moins le ou la sixième.

Dit Pascal.

— D'accord. Pourtant nous avons appris une chose importante.

— Ah bon ? Laquelle ?

Demanda Thibault goguenard.

— La preuve que tous ces jeunes ne voulaient pas que l'on sache qu'ils se connaissaient. Ils n'en ont parlé à personne. Pourtant ils étaient des amis d'enfance. Qui ne parle pas de ses amis d'enfance ? Surtout à sa femme. À sa famille.

Sidonie se redressa sur sa chaise.

— Quelqu'un qui a un vilain secret à cacher. Comme l'agression d'une jolie jeune fille un soir de 14 juillet.

Francis faisait oui de la tête, souriant de toutes ses dents. Jean continua :

— Après leur forfaiture, ils ont dû faire un pacte. On ne s'est jamais connu, jamais vu, on n'a jamais rien fait.

— Exactement. Vous voyez que nous avons appris quelque chose. Nous avons la preuve qu'ils ont bien commis ce viol.

Francis se frotta les mains. Pourtant Maïté n'était pas convaincue :

— Et si le cinquième sur la photo n'est pas un complice…

— Sidonie la coupa :

— Mais il doit être complice. Puisque personne ne l'a reconnu. C'est que les autres n'en n'ont jamais parlé. Et pourquoi ? Même cause… même punition…

Maïté toujours aussi dubitative :

— Sandrine n'a parlé que de quatre agresseurs…

Francis se leva :

— Et un guetteur !!! Mais oui c'est ça bien sûr ! Il y avait quatre violeurs : Chalon, Dupré, Delamont, un inconnu ET un guetteur : Dubourg.

Silence autour de la table. Thibault fut le premier à réagir :

— Et si cette histoire est bien une histoire de vengeance, nous allons donc avoir un nouveau meurtre.

— Exact. Mes enfants nous devons nous remettre au travail. Le nom de la future victime est dans le journal de notre fuyard… nous devons le trouver. Sinon c'est dans le journal tout court qu'il fera la une.

*
* *

Le silence régnait dans la maison. La lune éclairait le salon et le jardin en se reflétant dans l'océan qui montait. Une vraie belle nuit d'été. Jean, incapable de dormir descendait à tâtons les escaliers. Le cahier de Max sous le bras, il se dirigea vers la cuisine, mit la tête dans le frigo, se garnit une assiette, puis un plateau, il lui fallait bien ça pour accomplir sa tâche et gagna la terrasse.

L'Est s'éclairait quand il trouva enfin la solution. Il poussa un cri de joie et courut se jeter dans l'eau pour un cent mètre au crawl. Revint et s'installa pour la traduction. Mais il n'avait pas le bon cahier. Celui de la vie de Max avant son départ. Celui qu'il avait sous le nez parlait de sa vie au Vénézuela. De mariage : Le sien, avec Isabella. De naissances : Celles de ses enfants. De décès : Celui de ses beaux-parents. De bonnes ou de mauvaises récoltes. Du nombre de naissance dans son cheptel. En résumé: Des petits évènements de la vie. Bons ou mauvais. Cela commençait en Janvier 1994 et se terminait en Août 1999. Thibault avait le cahier qui datait de Septembre 89 à Décembre 93.

Il ne tint pas. Il n'avait pas la patience d'attendre le réveil de l'avocat pour connaître le fin mot de l'histoire. Il se faufila dans la chambre du dormeur, attrapa le cahier abandonné sur la table de chevet et sortit sur la pointe des pieds. Il finissait son travail au moment où le premier rayon du soleil frappait le sommet des arbres. Content de lui, il s'endormit, tête posée sur les bras. Le Golum ronflait à ses pieds, babines bien étalées sur ses orteils.

Quand Francis apparut avec une tasse de café fumante, il fut étonné de le voir. Sans le déranger, il se pencha par dessus l'épaule de son ami pour voir ce qu'il y avait d'écrit. Dès les premiers mots, il comprit que Jean avait trouvé la clé. Tout doucement, il fit glisser les papiers et impatient alla s'allonger dans un hamac. Il ne put s'empêcher de râler:

— Jean… Jean… je t'adore mais tu écris tellement mal que c'est pour te lire qu'il faut un code…

Il se concentra et lut :

15.09.89 Je n'ai personne à qui parler, alors j'ai acheté un cahier sur le marché d'Abidjan avant de prendre le bateau, je me sentirai peut-être un peu moins seul. J'ai réussi à embarquer sur un cargo qui va au Vénézuela. Je travaille en cuisine en échange de la traversée. Je suis enfin un peu tranquille. J'avais tellement peur à chaque fois que je croisais un flic… j'avais l'impression qu'il lisait ma culpabilité dans mes yeux. Le plus dur c'était à Casablanca. Il y en avait partout. Sur le bateau je ne risque rien… enfin pas des flics. Mais les marins sont spéciaux et je n'ai pas confiance. J'ose à peine dormir. Une fois en Amérique du sud je serai en sécurité…

Max continuait ainsi, sans parler du 14 juillet. Il racontait son arrivée à Caracas. Sans encombre. Au fil de son récit, Francis le sentait reprendre du poil de la bête. Puis arriva le :

24.12.89 Ce soir c'est le réveillon de Noël. Je suis seul dans cet hôtel miteux. Papa et maman me manque tellement. Par moment j'ai une folle envie de les appeler. De leur écrire. Mais je n'ose pas. J'ai tellement honte de ce que nous avons fait. Ils doivent être au courant maintenant… tout le monde doit être au courant. Les autres ont dû être arrêtés et mis en prison. Si je fais signe à mes parents la police le saura tout de suite. Je suis tranquille ici. Il n'y a pas d'extradition entre le Vénézuela et la France. Les pauvres doivent être anéantis, ils avaient mis tant d'espoir en ma réussite, surtout que je suis le dernier Dubourg. Je voudrais leur dire que je n'y suis pour rien. Que je ne voulais pas faire de mal à Sandrine. Que je n'ai rien fait… rien fait… je n'ai même pas regardé. J'avais les mains sur les oreilles. Même bâillonnée j'entendais ses hurlements… J'aurais DÛ l'aider… j'aurais DÛ lui porter secours… mais à un contre quatre… j'aurais eu au moins la conscience tranquille… j'aurais pu rester chez moi, la tête haute, même si elle avait été défoncée par mes « amis ». Parce que j'aurais été celui qui aurait sauvé Sandrine. Mais je n'ai rien fait… je n'ai rien dit… j'ai laissé faire… et j'en crève.

— Merde !

S'exclama Francis.

— Qu'y a-t-il ?

Demanda Sidonie qui arrivait avec un grand plateau chargé du petit déjeuner pour la bande. Suivie de près par Maïté qui portait le café, de Mathieu qui baillait, de Tchang qui s'étirait et du Golum qui crânait, Francis les rejoint tout excité :

— Jean est génial ma chérie. Il a trouvé la clé du code. Et regarde, il a traduit le journal de Max.

— Et c'est pour ça que tu dis merde ?

— Non. Non.

Il secoua les feuilles qu'il tenait, en s'asseyant à la table. Jean réveillé par le brouhaha s'étira. Francis lui claqua une bise sur le front.

— Est-ce que je t'ai déjà dit que je t'aime ?

Jean fit le modeste :

— Ah ! Je vois tu as trouvé mon travail.

— Dis-moi. Dis-moi comment tu l'as déchiffré ?

— En fait c'était tout simple. Il écrivait dans un esperanto de cuisine. Abrégé. Tronqué. Compressé, mais en esperanto. Une fois que j'ai compris ça, tout est allé très vite. Au début j'ai cru que c'était du latin, pour un futur avocat c'était logique, puis peut-être de l'italien. Mais le gosse était malin, il a mélangé les quatre. Français, latin, espagnol et italien. Heureusement, je maîtrise ces langues et c'est ainsi que l'homme... que dis-je... LE génie, découvrit le pot-au-rose.

— Alors pourquoi as-tu dit merde ?

Demanda Pascal qui arrivait avec les croissants et les brioches qu'il était allé chercher.

— Ben j'ai commencé à lire la prose de notre fuyard, il parle de l'agression mais il ne cite pas les noms de ses potes, encore moins du cinquième larron.

Sidonie qui s'était assise à ses côtés, lui mit l'index sous le menton et le fixa dans les yeux :

— Toi tu dis merde, mais tu es content quand même. Allez avoue. Pourquoi ?

Il l'embrassa :

— Tu me connais trop bien ma douce. Je n'ai pas les noms, mais j'ai la confirmation de notre scénario, ils étaient bien cinq et Max faisait le guet.

Il s'adressa à Jean :

— Toi qui a tout traduit est-ce que les noms apparaissent quelque part. J'en suis au premier Noël de son exil.

— Je me suis endormi bien avant d'avoir tout fini. Pour le peu que j'ai fait, il ne les cite pas.

— Dès que tu as fini de déjeuner tu t'y remets...

— Te… te… te…

Le coupa Maïté :

— Tu oublies quelque chose…

Il la regarda innocent. Yeux écarquillés, point d'interrogation dans la pupille :

— Ne fais pas celui qui ne comprend pas. Nous avons signé un pacte…

Sidonie s'en mêla :

— Maïté a raison.

— Oui. Je sais… Nous sommes en vacances. Mais si il travaille ce matin, il sera libre cet après-midi.

— Il a bossé toute la nuit…

Maintenant il devenait persuasif :

— La vie d'un homme est en jeu ma douce.

Elle le regarda en souriant :

— Un : Il est peut-être déjà mort. Deux : Sinon, cela peut attendre cet après-midi.

Maïté renchérit :

— Et puis ce matin c'est notre tour d'aller au marché. Alors mon grand si tu veux manger aujourd'hui, tu le laisses tranquille, il finira ta traduction cet après-midi.

Francis chercha du secours autour de la table. Mais aucun d'eux ne se manifesta, hors-mis le Golum qui mendiait un bout de brioche en lui posant la patte sur la cuisse. Il se retrouvait seul face à l'adversaire. Sans soutient, il ne pouvait rien contre le clan féminin. Il céda.

— Bon d'accord. On va au marché. Je vous offre même l'apéro en ville.

— Avec Tapas ?

— Avec Tapas…

Soupira-t-il vaincu.

— Parfait ! Alors pendant que ces dames se préparent, je vais avancer dans la traduction en cherchant principalement des noms propres. C'est bien ce que tu cherches n'est-ce pas ? ?

— Oui.

— Alors je vais essayer de les dénicher dans son charabia, avant d'aller au marché.

Francis lui sauta au cou.

— C'est toi que j'aurais dû épouser…

Ce tournant vers Sidonie :

— Ne prends pas ça contre toi ma chérie. Toi je t'aime, mais lui je l'adore tu comprends ? ?

Elle éclata de rire pour toute réponse.

*

* *

Francis abandonna ses amis pendant qu'ils faisaient le marché pour aller voir Jacques et lui faire son rapport. Ce dernier fut atterré d'apprendre pour le cinquième larron.

— Si je comprends bien nous risquons d'avoir un autre meurtre. Remarque on a le temps. Le meurtrier a eu sa dose pour quelques mois. Il y a environ six mois entre chaque crime. D'ici Noël prochain on aura trouvé le fin mot de l'histoire.

— Pas sûr que l'on trouve et si on y arrive, pas sûr que l'on puisse le prouver. Jean est encore sur la traduction. Il pensait dégoter les noms en survolant le journal. Mais rien, alors il l'a reprit en mot à mot. Le gosse a peut-être planqué les noms dans son charabia. Mais je fais confiance à ma fouine. Il a un flaire imparable pour déceler les indices. Si il y a quelque chose à découvrir, il le découvrira… Tu sais, dans la première lecture de ce qui a été traduit il y a quelque chose qui m'a frappé. Sandrine n'était pas une inconnue pour la bande de petits merdeux qui l'ont agressée. Max utilise clairement son prénom. Donc s'ils la connaissaient, c'était réciproque. Tu vois où ça nous mène ? ?

— N… non…

— Soit Sandrine a menti à ses parents. Soit elle leur a dit la vérité et ce sont eux qui nous mentent.

— Dans sa déclaration à la police il ne dit rien sur l'identité des jeunes. Donc elle ne leur avait rien dit. Sinon à quoi bon porter plainte, si tu ne veux pas que le malfaiteur soit arrêté. Et il ne le sera pas si tu caches l'identité…

— Donc elle en a parlé plus tard. C'est parce qu'elle les connaissait qu'elle n'a pas voulu porter plainte et qu'elle a obligé ses parents à la retirer.

— Pourquoi ? C'était pourtant le seul moyen d'obtenir justice. Et rapidement en plus. Avec les noms on n'avait plus qu'à aller les cueillir.

— C'est vrai… Pourtant elle ne pouvait être sûre d'être entendue.

— Comment ça ?

— Elle n'avait aucune preuve. La douche interminable qu'elle avait prise en rentrant chez elle, avait effacé tous les indices susceptibles de les confondre. Et puis, c'était sa parole contre la leur. Je suis sûr que ces adorables jeunes gens avaient préparé leurs réponses. C'était à cinq contre une. Elle s'est dit à quoi bon faire la une des journaux, un procès qu'elle n'était pas sûre de gagner. L'opprobre. Les médisances. Les railleries même. Elle n'a pas eu envie de vivre tout ça. Elle est donc partie en Australie.

Ils restèrent pensifs un petit moment. Puis Jacques s'insurgea :

— Tu gobes ça toi ! Ta pitchoune se fait violer par cinq mecs qu'elle connaît et tu fais rien pour qu'on lui rende justice ? Je n'y crois pas. On n'est pas au pays des Bisousnours. Moi en tous les cas je n'aurais pas laissé passer ça. J'aurais fait le nécessaire pour que ma fille soit vengée.

Francis hochait la tête en écoutant son ami :

— Voilà ! Tu as dis le mot : Vengée. Ils savaient qu'ils auraient du mal à obtenir justice. Et je vois mal notre ami Destrailly rester contemplatif devant une telle situation. Je ne crois pas que ce soit dans son caractère.

— Alors quoi ? Ce serait lui le meurtrier ? Pourquoi si tard ?

Francis réfléchissait…

— 2004.

— Quoi 2004 ?

— Le tsunami.

— Mais de quoi parles-tu ?? Je n'y comprends plus rien.

— Sandrine est morte avec toute sa famille dans le tsunami… En Thaïlande… Tu te rappelles quand même ?

— Oui. Mais je ne vois pas pourquoi tout d'un coup, après la mort de sa fille, le père se mettrait à la venger ? C'est un peu tard tu ne trouves pas ?

— Je ne crois pas. La mort de sa fille a certainement été l'élément déclencheur. Tant qu'elle était vivante, qu'il la voyait heureuse malgré tout, il suivait ses ordres. Mais la fatalité la frappe une fois encore. Un jour de Noël qui plus est. Et emporte toute sa famille. Il y a de quoi péter les plombs, non ?

— C'est un fait que vu sous cet angle… qu'est-ce qu'on fait ? On va l'arrêter ?

Francis leva la main en signe de stop…

— Non. Non. Non. Il faut le confondre. Trouver des preuves. Ne pas lui foutre la trouille. Il n'a rien à perdre ici. Il pourrait s'enfuir en Australie ou aux États-Unis. Il a de la famille sur ces deux continents. Quant à son boulot, il a des clients dans le monde entier. Il peut repartir de n'importe où. Il faut la jouer fine. À la Colombo. Non. Pour l'instant le plus urgent c'est de trouver l'identité du cinquième et du sixième. Remarque, cela ne m'empêche pas de retourner voir papa et maman Destrailly pour de plus amples renseignements…

— Comment on fait ça ?

— Si Jean n'a rien trouvé, on attaque par le biais des facs. Tu leur demandes la liste des étudiants en 89. Avec des photos. Si possible. Ou alors encore mieux. Tu copies notre photo et tu envoies tes lutins à la pêche aux renseignements dans les mêmes facs.

— En plein mois de juillet ? Il n'y aura personne pour répondre.

— Si. Si. Il doit y avoir une permanence pour les inscriptions de dernière minute… ou je ne sais quoi… mais débrouille-toi. Tu trouveras bien un moyen. En attendant je vais voir où en est Jean. Dès que j'ai des nouvelles, je t'appelle.

Ils sortirent lentement en parlant de choses et d'autres.

— Sidonie ne fait pas trop la gueule au sujet de l'enquête ? ?

— Non. Non. Tu sais, elle connaît l'importance de mon travail dans ma vie et elle ne se permettrait pas de me faire des reproches.

Ils se fixèrent trente secondes. Jacques dit :

— Elle te fait la gueule.

— Non. Non. Tu n'y es pas du tout. Elle participe même à l'enquête…

— Tu me racontes des carabistouilles là. Tu fais le macho mais tu lui manges dans la main c'est ça ?

Francis prit un air contrit. Fit « oui » de la tête. Jacques continua sur le même ton :

— T'es comme moi. Tu obéis à ton gouvernement, un point c'est tout.

— Et oui mon grand. C'est le sort réservé à nous pauvres hommes. Au fait, demande au tien si elle accepterait de venir dîner demain soir à la maison. Petit barbeuc' sympa entre amis.

— D'accord. Je t'appelle tout à l'heure pour confirmer.

Après la sieste cette après-midi-là, Jean vint déposer un bout de papier sur le ventre de son ami qui dormait sous son arbre. Le Golum blottit contre lui. À eux deux ils formaient un parfait duo de ronfleurs. Sur le papier un prénom était noté : Jean-Charles.

*

* *

L'après-midi fut calme sur le front de l'enquête. Sidonie veillait au grain. Donc, Jean ne parla pas de sa découverte. Francis non plus. Ils remontaient lentement de la plage, en papotant et plaisantant. En arrivant dans le jardin ils passèrent autour de Tchang allongé de tout son long dans le chemin. Francis se pencha pour le caresser.

— Alors mon gros pépère toujours en plein effort ? Fais gaffe au tour de rein. Tu ne devrais pas rester…

Il le souleva pour lui faire un câlin. Mais le chat habituellement prompt au ronron, se laissa aller comme une chiffe molle. Francis fut immédiatement alerté :

— Tchang ? Tchang mon grand ça va pas ?

Il était évident que le chat était inconscient. À ce moment là, Sidonie appela depuis le salon.

— Francis ! Francis ! Viens vite ! Le Golum n'a pas l'air bien du tout.

Francis entra dans la pièce en coup de vent. Tchang inanimé dans les bras.

— Tchang non plus n'est pas bien. Il semble inconscient regarde.

— Oh mon Dieu. Mon chaton.

Elle le prit à son tour, pendant que Francis se penchait sur son chien. Jean les examinait.

— On dirait un empoisonnement.

Les autres qui avaient formé le cercle, dirent en même temps, incrédules :

— Un empoisonnement ? ?

Mathieu se mit à pleurer :

— Maman ? Ils vont mourir ?

Elle ne lui répondit pas, mais interrogea Jean :

— Tu peux faire quelque chose ?

Je n'ai pas les antidotes. Je peux leur faire une piqûre pour le cœur, mais il faut les emmener le plus vite possible chez un véto.

Maïté revenait déjà avec la mallette de son mari. Jean s'empressa de leur administrer à chacun un peu de tonus.

— Voilà. Il faut les emmener maintenant.

Ils avaient tous les larmes aux yeux. Le chien et le chat faisaient partie intégrante de la petite famille qu'ils formaient. Les voir malades, peut-être même mourants, les bouleversaient.

Francis prit son chien dans les bras. Sidonie le suivait avec son chat. Thibault prit le volant. Jean à côté de lui. Les autres montèrent dans la deuxième voiture. Tout d'un coup Thibault demanda :

— Il est 21h où allons-nous trouver un cabinet ouvert à cette heure-ci ?

Francis la gorge nouée dit :

— Il doit y avoir un véto de garde. Jean, appelle Jacques il doit savoir.

Quelques minutes plus tard Jean avait le renseignement.

— Il prévient le véto de notre arrivée.

— C'est un bon j'espère.

Dit Francis presque en colère.

— Il m'a dit que c'est le sien et qu'elle est excellente.

— Elle?

— Oui. Il n'y a pas longtemps qu'elle est installée…

Sidonie la tête appuyée sur l'épaule de son mari, caressait tour à tour chacune des deux bêtes. Elle ne pouvait retenir ses larmes. Francis les serrait tous les trois contre lui. Exactement dans le même état. Thibault fonçait dépassant la vitesse autorisée. Il s'en fichait. Il fallait sauver Tchang et le Golum.

Les deux voitures freinèrent devant le cabinet, une jeune femme en blouse blanche les attendait. Très calme, elle les fit entrer, comptant mentalement le nombre d'humains qui déboulait. Elle souleva les sourcils, étonnée. Francis et Sidonie entrèrent directement dans la salle de soins, laissant les autres dans la salle d'attente… L'attente dura une éternité. La nuit était tombée quand le couple suivit de la véto sortit enfin de la salle. Elle parlait d'une voix douce:

— Je vais rester avec eux cette nuit. Allez vous reposer. Je vous appelle si il se passe quoi que ce soit.

Sidonie demanda d'une toute petite voix :

— Vous pensez qu'ils vont s'en sortir docteur ?

— La piqûre que leur a faite votre ami leur a peut-être sauvé la vie. Tout dépend d'eux maintenant.

— Alors je devrais rester avec eux. Leur dire qu'on est là.

La jeune femme regarda le ventre de Sidonie.

— Je ne crois pas que ce soit judicieux dans votre état madame. Rentrez, je vous promets de bien m'occuper d'eux.

— Le docteur a raison ma chérie. Rentrons.

— Vous me promettez de rester avec eux cette nuit ? Vous n'allez pas les abandonner ?

La jeune femme sourit :

— Croix de bois, croix de fer, si je mens je vais en enfer…

Sidonie insista :

— Il ne faut pas les séparer. Vous comprenez, ils s'adorent…

La véto les poussa vers la sortie. Ils formaient un bloc devant le cabinet. Mathieu collé contre sa maman.

— C'était bien un empoisonnement Jean, tu avais raison.

— À quoi ?

— Cyanure.

— Quoi ? ? ! ! Comment est-ce possible ? Où ont-ils trouvé du cyanure ?

— Dans de la mort-au-rat. D'après elle ce ne sont pas les premiers à en être victimes. Elle pense qu'un cinglé s'amuse à lancer des boulettes dans les jardins où il y a des animaux.

Jean était dubitatif :

— Comment ont-ils résisté ? Le cyanure est foudroyant.

— Elle dit que la dose devait être très faible. Ou que nous les avons trouvés à temps. Mais ils ne sont pas encore sauvés. Et ils auront certainement des séquelles si ils s'en sortent.

Ils prirent le chemin du retour en silence. La peine étreignait leur cœur. Sidonie essayait de consoler Mathieu.

Une fois de retour à la maison, les hommes firent le tour du jardin en longeant le mur de clôture. Ils trouvèrent une boulette bleue, Jean la mit dans une petite pochette en plastique.

— Elle a échappé à la voracité du Golum. Cet engin de mort va aller droit au labo. On va en avoir le cœur net.

Francis dit entre ses dents :

— Si je trouve le salaud qui s'amuse à jeter ce genre de cochonneries dans les jardins, je le tue de mes propres mains. Tu te rends compte ? Si un enfant avait été attiré par cette petite bleue alléchante. Jacques va m'entendre...

Le reste de la soirée fut triste. Sidonie alla directement se coucher avec Mathieu. Dans le même lit. Ni les uns, ni les autres n'eurent envie de manger. Jacques téléphona pour prendre des nouvelles. Francis se fâcha contre lui. Il fallait bien que cela tombe sur quelqu'un.

— Tu n'as donc reçu aucune plainte ?

Jacques un peu abasourdi par la virulence de son ami, bafouilla :

— Euh... oui...

— Est-ce que tu as fait quelque chose ?!!!

Cette fois Jacques en avait marre, il parla aussi fort que Francis :

— J'avais autre chose à faire figure toi ! J'ai un meurtrier en série qui coupent les c... de ses victimes. Les chats et les chiens écrasés c'est pas mon truc !

— Et bien ça devrait !! Et si un enfant avait mangé l'une de ces boulettes ça aurait été ton truc ? ! ! ! Alors écoute-moi bien ! Dès demain matin tu me mets ton meilleur limier sur le coup ! C'est un ordre ! !

Il avait raccroché brutalement, sans laisser le temps à son ami de dire quoi que ce soit. Les autres le regardèrent étonnés. Ils connaissaient les emportements de Francis, mais ils étaient toujours justifiés, là… il avait fait fort. Pourtant Jean prit sa défense :

— Il a raison. Sous prétexte que ce ne sont que des animaux, les flics ne font jamais rien. Or les plus grands tueurs en série commencent toujours comme ça. En massacrant des bêtes. Et puis vous vous rendez compte si un enfant avait mangé l'une de ces saloperies ? ? ! Et puis merde ! Tchang et le Golum sont en train de crever…

Ils comprirent. Eux aussi avaient du chagrin.

*

* *

La nuit fut longue. Francis avait rejoint sa femme et son fils. Les protégeant comme il pouvait, en les serrant contre lui. Malgré la chaleur.

Vers les cinq heures du matin, il n'y tint plus. Il sortit dans le jardin pour appeler la véto. Après tout elle était de garde.

— Docteur ? Delani à l'appareil. Comment vont-ils ?

La jeune femme dit en bâillant :

— Ils ont passé le cap. On va les laisser sous perf' encore ce matin, vous pourrez venir les chercher vers midi.

— Ils… ils auront des séquelles ? ?

— Pour le Golum je ne pense pas. Il est jeune et fort. Pour Tchang par contre, il faudra le surveiller. Ses reins ont été touchés, il faudra le mettre au régime.

— Gourmet comme il est cela va être difficile. Mais je lui ferais des p'ti plats qu'il ne pourra refuser.

Elle rit doucement.

— Allez. À tout à l'heure. Je vous attends vers midi.

Francis était tout guilleret en reposant l'appareil.

Il grimpa à toute vitesse avertir Sidonie. Les voyant toujours endormis, il les laissa, préférant se glisser contre sa femme et se rendormir.

Le retour de Tchang et du Golum fut vécu comme une vraie fête. Francis en allant porter plainte s'excusa platement auprès de son ami, mais il n'annula pas l'ordre qu'il avait donné la veille, ni l'invitation de l'avant-veille. Il était tellement content d'avoir récupéré ses amours à poils, qu'il avait invité également la véto.

Ce qui fait, qu'ils étaient tous réunis autour du feu.

Dans l'après-midi, Jean avait demandé à Francis ce qu'il pensait de Jean-Charles :

— Jean-Charles ? Qui c'est celui-là ?

— Ben c'est le prénom que j'ai trouvé dans le journal de Max. Je t'ai laissé un papier hier, pendant que tu faisais la sieste.

— Je ne l'ai pas eu. Tu dis que Max cite enfin ses potes ?

— Oui. À la date d'anniversaire de l'agression. Il se demande ce qu'ils sont devenus. Si ils sont en prisons. Ou si ils en ont réchappés. Et si c'était le cas que faisaient-ils ? Il les cite un à un.

— Que dit-il de Jean-Charles ?

— Il suivait des études de langues. Anglais et russe. Il se demande si il est parti en Russie pour se perfectionner, comme il en parlait si souvent…

— Il ne donne pas son nom ? À aucun moment ?

— Ni des uns, ni des autres. Il ne donne que les prénoms.

— Bon. On en parle tout à l'heure à Jacques. Un étudiant en langue fin des années 80, début des années 90. Prénommé Jean-Charles. Ça doit se trouver.

Thibault et Pascal faisait le siège de la jeune véto. Une fois son jean enlevé. Ses jambes apparaissaient, bronzées, longues, fuselées. Sa blouse blanche au placard, révélait un corps mince, musclé. Ses cheveux noirs, ailes de corbeau, défaits, brillants, soyeux. Ses beaux yeux verts enfin maquillés. Elle était ravissante. Thibault trop bouleversé la veille, était beaucoup plus attentif maintenant. Et Camille ne semblait pas indifférente.

Après le repas, très discrètement, il l'attira vers la plage. Endroit romantique s'il en est. La nuit était tombée depuis peu. La marée basse avait laissé le sable humide. Ils avaient enlevé leurs chaussures et marchaient lentement.

— D'après Jacques il n'y a pas longtemps que vous avez ouvert votre cabinet dans le coin ?

— Oui. À peine deux ans.

— J'ai vu qu'il y avait un autre nom sur la plaque du cabinet, je n'ai pas retenu le nom, mais le médecin qui travaille avec vous c'est…

Elle le rassura en toute hâte :

— Antoine Desfarges. Un ami. Nous nous sommes connus en stage.

Soulagé, Thibault continua son interrogatoire :

— Et vous vous plaisez à Arcachon ?

Elle marcha à reculons, faisant des gestes larges, embrassant le décor :

— D'après vous ? Qui ne serait pas heureux de vivre dans un cadre pareil.

— Et vous venez d'où ?

Cette fois elle se remit à sa hauteur et à son pas. Regardant le sable.

— Je suis née en Haute Savoie, à Annecy.

— Pourquoi avez-vous choisi le Bassin ?

— D'abord, c'est Antoine qui en a eu l'idée. J'ai toujours voulu vivre en bord d'océan. Pas la mer, l'océan. Depuis toute petite j'ai été fascinée par ses vagues, son immensité…

— Vous auriez pu aller en Bretagne.

— J'en avais marre de la neige et du froid.

— Je vous comprends.

— Ah bon ? Vous aussi vous venez du Nord ?

— Non. Non. Je suis né à Bordeaux et je n'ai jamais quitté le Sud-Ouest. On y vit trop bien…

— Et vous n'en partiriez jamais c'est ça ?

— Bingo. Même si l'on m'offrait un pont d'or.

— Vous semblez très unis vos amis et vous. On dirait une famille. Vous êtes amis d'enfance ?

Thibault mit quelques secondes à répondre. Le drame qui les avait unis était encore terriblement présent dans son cœur. Avec un faible sourire il précisa :

— Pas tout à fait non. Cela fait à peine un an et demi…

Camille fut étonnée :

— Si peu ? On dirait que vous vous connaissez depuis toujours. Vous semblez très liés. Comme pour Tchang et le Golum. Quand je vous ai tous vu débouler hier soir, j'ai cru à une invasion. Votre peine évidente m'a beaucoup touchée.

— Ces deux bêtes font partie de la famille. Ils sont notre chien et notre chat. À chacun de nous. Et je vous assure qu'ils le savent. Ils nous font autant de câlins aux uns et aux autres, comme pour ne pas faire de jaloux. Pourtant ils ont leur préférence. Tchang pour Sidonie et Mathieu. Le Golum pour Francis.

— Le chef de meute…

— Pardon ?

— Francis est le chef de votre meute. Et le Golum l'a tout de suite su.

Thibault éclata de rire.

— Ne croyez pas ça. On lui laisse croire qu'il est le chef. Il aime tellement ça. Mais la vraie cheftaine, c'est Sidonie. Assistée de Maïté. Nous pôôvres mââles nous suivons.

— Et vous adorez ça…

— En quelque sorte. Pour l'instant c'est exactement ce qu'il nous faut à Pascal et moi.

Elle le regarda, compatissante.

— Vous allez si mal que ça ?

À part ses amis, personne ne savait par où Pascal et lui étaient passés. Le regard franc et intelligent de Camille le poussa à se confier. Il s'assit dans le sable. Elle en fit autant. Et il raconta : Alice. Les sept disparitions, Magali.

Camille l'écoutait sans émettre un son. Thibault n'avait plus de voix à la fin de son récit.

— Pascal et vous avez vécu un véritable cauchemar. Il est bizarre que vous soyez amis. Après tout ce qui s'est passé.

— C'est grâce au grand chef. Il a su nous rapprocher. Nous faire comprendre que nous étions tous les deux des victimes. Et puis le fait d'avoir plaidé pour lui au tribunal nous a aidés. Prendre sa défense m'a également permis de me sentir moins coupable à son endroit…

L'aube pointait son nez quand ils prirent en sens inverse le chemin de la maison. Ils avaient parlé toute la nuit. Se découvrant plein de points et de goûts communs.

Phoebus montrait son nez.
Gagnant une fois de plus
Et provisoirement, la bataille éternelle
De la lumière contre l'obscurité.
Les premiers gazouillis se faisaient entendre.
La forêt revenait doucement à la vie.
Les nocturnes laissaient la place aux diurnes.
Le ruisseau continuait son chant cristallin.
Soudain le corps nu d'un homme porté par l'onde,
Resta coincé dans les roseaux.
La force du courant le retourna.
Un vide sanglant béait à l'emplacement de ses attributs.

CHAPITRE VII

La sonnerie du téléphone retentissait dans la maison endormie. Thibault que Camille avait abandonné depuis peu, sauta du hamac dans lequel il avait chu après son départ. Il courut dans le salon pour décrocher avant que tout le monde soit réveillé.

— Francis ?!!

— Ah ! Non. C'est Thibault.

— Salut Thibault. C'est Jacques. Francis est là ?

Thibault allait dire non, quand en levant le nez, il vit Francis qui descendait les escaliers cheveux en bataille, râlant d'être jeté à bas de son lit si tôt le matin, et en vacances en plus… et après une soirée bien arrosée… Thibault lui tendait l'appareil :

— Tiens, c'est ton pote Jacques.

Francis finit de descendre l'escalier, se saisit du combiné et continua à marcher en direction du jardin :

— Humpff!!!

— Francis ?

— Humpff…

On pouvait le lever, mais pas l'obliger à parler distinctement…

— Tu es assis ?

Les neurones de Delani furent immédiatement en connexion.

— Que se passe-t-il ?

— On a trouvé le cinquième laron.

— Biiieeen. Où est-il ?

— À la morgue.

— Pardon ?

— À la morgue. Des forestiers l'ont trouvé ce matin, dans une craste qu'ils nettoyaient.

— Merde ! Merde ! Merde ! Trois fois merde ! On a perdu du temps. On aurait dû être plus malins et le chercher plus tôt.

— Ne te bouffe pas la rate, mon ami. Il est mort depuis au moins trois jours. En fait, le meurtrier a changé son timing. Je pensais qu'après Dubourg, il prendrait un peu de repos, comme pour les autres meurtres. Là, il nous prend par surprise. Il en tue deux coup sur coup.

— Si je comprends bien lui aussi a été « allégé » ? Comment sais-tu que c'est notre cinquième larron. Il avait des papiers sur lui.

Jacques hésita :

— Ben… Je suppose que c'est lui. M.O. Identique… On cherchait une cinquième victime putative… logique non ?

— Logique peut-être… mais il faut vérifier. Jamais de supposition dans une enquête… rien que des preuves… encore des preuves… J'arrive ! Prépare le café, j'amène les croissants.

Il était déjà dans la salle de bains.

*

* *

Ils se tenaient tous les deux devant le corps. Ce dernier était dans le même état de décrépitude que celui de Dubourg. Avec le même trou béant à l'aine. Le visage méconnaissable. Sardonique, Francis dit :

— Si personne ne le réclame. Encore un qu'il va être difficile d'identifier.

— Pour l'instant personne ne l'a fait. Aucune disparition signalée.

— Pourtant il est marié. Regarde son alliance. On va faire comme avec Dubourg. Envoie le scane à Bruno, il va nous sortir son visage que l'on diffusera et on attendra. Ils marchaient côte à côte en direction de la sortie.

— Tu as lancé les recherches dans les facs sur le Jean-Charles ?

— Pas eu le temps ce matin. Mais je vais le faire là maintenant. Tu crois que l'on demande à Destrailly si il a un alibi ?

Francis réfléchit.

— J'ai peur que cela lui mette la puce à l'oreille. Si c'est lui et qu'il fait ça pour venger sa fille, il est arrivé au bout de sa vengeance. Donc si il sent un lézard, crois-moi, il mettra les voiles et plus vite que ça. Ne sous-estime pas ton adversaire. Cet homme est intelligent, s'il sent du danger, il filera. Il a dû prévoir une porte de sortie. Alors creusons encore et encore avant d'agir. Et si c'est lui. Nous le coincerons, je te le promets.

— Et si c'est pas lui ?

— Ne parle pas de malheur. Parce que là, je n'ai pas d'autre piste en tête. Et je suis en vacances, tu entends ? En vacances. Je n'ai pas envie de me bousiller les méninges. Pour une fois, je voudrai un truc simple. Avec un coupable tout désigné.

— Je sais mon grand. Je sais. Je te demande pardon. Je n'aurais jamais dû te demander de l'aide. Mais tu…

— Arrête. Arrête. Je suis très content que tu l'ais fait. Tu sais très bien qu'un bon gros mystère me fait toujours plaisir.

Il le regarda dans les yeux. Et scandant ses paroles d'un index autoritaire :

— Si tu répètes ça à ma femme, je te tues.

Jacques éclata de rire :

— Maintenant j'ai de quoi te faire chanter… et je t'assure que j'en userai et abuserai… allez file. Va rejoindre ton adorable épouse, je t'appelle dès que j'ai des nouvelles.

Francis était sur le point de sortir quand il revint sur ses pas, passant la tête dans l'entrebâillement de la porte du bureau de son ami :

— Tout bien réfléchi, mets une surveillance rapprochée aux basques des Destrailly. Faudrait pas qu'ils nous échappent ces deux-là.

Il partit la conscience tranquille.

*

* *

Quand le reste de la bande fut informée du dernier meurtre, la consternation les submergea. Maïté fut la première à réagir :

— Pourquoi a-t-il tué à nouveau… si rapidement ?

Sidonie approuva :

— C'est vrai. Avant c'était tous les six mois, enfin presque… pourquoi a-t-il changé de rythme ?

— Il en avait marre et voulait en finir ?

Dit Pascal. Ils le regardèrent tous. Pascal haussa les épaules :

— Ben oui quoi ? Pourquoi un meurtrier, qui d'habitude tue tous les six mois, en charcutant des mecs qui sont des violeurs, changerait-il tout d'un coup ses habitudes ?

— Il s'est passé quelque chose dans sa vie ?

Dit Thibault.

— Ou alors il n'a plus de temps devant lui…

Suggéra Jean.

— De temps ? Comment ça ?

Interrogea Maïté. Jean comme Pascal haussa les épaules, avec une moue dubitative :

— Je n'sais pas. Il a peut-être appris qu'il était gravement malade et qu'il allait mourir. Alors il se dépêche de finir son œuvre de vengeance avant de partir.

Ils se tournèrent tous vers Francis, cherchant son approbation. Lui, allait et venait entre la cuisine et la terrasse, petit tablier autour du ventre, plateau chargé de petites cochonneries à grignoter avec l'apéro. Parfaite petite maîtresse de maison. Il faisait comme s'il n'entendait rien. Sidonie l'interpella :

— Chéri ? Tu ne dis rien. Tu n'as pas d'idée ?

Jean secoua la tête :

— Non. Non. Ça c'est impossible. Francis a toujours des idées. Seulement c'est un petit égoïste, il les garde pour lui, c'est tout. N'est-ce pas mon grand ?

Francis qui avait terminé son service. Prit un verre et s'asseyant avec eux :

— Et si il avait eu peur ?

Ils s'exclamèrent :

— Peur ? ? Peur de quoi ? ?

— De nous. Il sait ou il sent que nous sommes sur ses traces et il a pris peur. Alors avant d'être arrêté, il a tué le cinquième larron. Ainsi il est sûr d'avoir terminé son œuvre quoi qu'il arrive.

Ils envisagèrent tous le problème sous cet angle et durent se rendre à l'évidence, une fois de plus Francis avait mis le doigt sur la solution. Thibault se frappa le front :

— Mais bien sûr ! Il a senti le danger !

Jean bouda :

— Moi je trouve que mon histoire de maladie incurable tenait bien la route.

— Normal ! Tu es médecin. Tu réfléchis comme un médecin, c'est tout.

Jean insista :

— Comment notre homme saurait-il que nous sommes sur sa piste ? Nous ne sommes au courant de cette histoire que depuis quelques jours. Aucune publicité n'a été faite autour de cette affaire. Et puis nous ne sommes pas sur sa piste. On nage complètement. On n'a pas la moindre idée de qui il est.

Jean venait de marqué un point. Ils se tournèrent tous vers Francis, qui secouait la tête approbateur :

— Tu as raison mon ami. Sauf si nous avons côtoyé ledit meurtrier.

Sidonie s'étonna :

— À part les Destrally nous n'avons rencontré personne à ce sujet.

Pascal interjeta :

— Si ! M. Dubourg. Le père de Max.

Maïté s'offusqua :

— Tu insinues que ce pauvre homme aurait tué et émasculé son propre fils.

— Oui. Quand il a appris ce que son fils et ses amis avaient fait. Il est devenu fou et il les a tous tué, en leur confisquant l'arme du crime.

— Tu dis des conn… bon on mange. J'emmène Tchang chez Camille tout à l'heure…

Sidonie coupa la parole à Thibault :

— Tu l'appelles Camille… Hun. Hun. Raconte-nous un peu comment c'est passé votre soirée… enfin votre nuit plutôt… vous avez fait copain-copain ?

Son œil frisait en posant la question. Les autres renchérirent :

— C'est vrai ça. Raconte-nous. Comment ça c'est passé ?

Thibault coupa court à leur sarcasme en allant au barbecue retourner les côtelettes.

Francis profita de la diversion et glissa à l'oreille de Jean.

— Tu en es où de la traduction du journal de Max ?

— J'ai arrêté après avoir trouvé Jean-Charles. C'est bien ce que tu voulais, non ?

— Je ne sais pas. Mon petit doigt me dit qu'il faut chercher encore d'autres indices. Comme la raison pour laquelle il a quitté son havre de paix, pour revenir en enfer et y trouver la mort.

Jean poussa un soupir :

— Ok d'accord. Je vais te faire ça. Mais c'est bien parce que c'est toi. Je peux t'assurer que notre homme aurait peut-être été un bon avocat, mais sa prose, mon ami… , sa prose est une vraie purge. Remarque cela m'aidera à faire une petite sieste cette après-midi.

— Merci. J'ai toujours su que je pouvais compter sur toi.

Dans l'après-midi, comme convenu, Thibault emmena Tchang chez Camille pour sa piqûre.

À cette occasion il fit la connaissance d'Antoine Desfarges, l'associé. Il en eut un pincement au cœur, un titillement de jalousie. Car l'associé en question était un bel homme. Cheveux châtains doré par le soleil et la mer. Yeux de la même couleur, éclairant son visage bronzé. Son sourire « colgate », presque carnassier. De même taille, ils se mesurèrent du regard. Antoine lui prit Tchang des bras avec une grande douceur. Ses belles mains de chirurgien s'enfoncèrent avec délectation dans la fourrure du chat.

— Cet animal est magnifique. Heureusement qu'il s'en est sorti. J'espère que la police fera le nécessaire pour attraper le dingue qui empoisonne nos animaux.

— Mon ami le Commissaire Divisionnaire a donné des ordres en ce sens. Je ne sais pas où en est l'enquête, mais vous savez dans la police on l'appel le bouledogue. Si il y a quelqu'un qui peut le dénicher c'est bien lui.

Antoine lui rendit Tchang, qui continuait de ronronner, trouvant tout à fait normal de passer ainsi de bras en bras, admiré et choyé. Le jeune véto regarda Thibault droit dans les yeux :

— J'en accepte l'augure cher monsieur… J'en accepte l'augure… tout meurtre mérite justice.

Il tourna les talons, le laissant comme deux ronds de flan.

Camille le raccompagna.

— Il est toujours comme ça ?

Elle sourit :

— Non. Mais il ne supporte pas que l'on fasse du mal aux animaux. Et moi non plus d'ailleurs. Disons que ce n'est pas un humaniste. Il trouve que notre espèce est une plaie pour la planète.

— Je vois. Un écolo pur et dur.

— Pur peut-être, mais pas si dur. Je peux te l'assurer. Sous ses airs hautains et bravaches, c'est un vrai loukoum.

— Il est haut-savoyard lui aussi ?

— Non. C'est un alsacien.

— Ha ! C'est ça l'accent… Deux exilés quoi.

— Volontaires. Tout à fait volontaires.

— Alors accepterais-tu de dîner avec moi ce soir ? Si c'est un effet de votre bonne volonté bien sûr.

— Volontiers cher monsieur. Très volontiers.

Ils se séparèrent sur cette promesse.

*

* *

Le lendemain, Bruno fit parvenir à Perrier le portrait de la dernière victime. La photo fut immédiatement transmise à la presse qui la diffusa abondamment.

Il ne fallut pas longtemps pour avoir des réactions du public. Une femme se présenta au commissariat d'Arcachon tout de suite après les infos de 13h. Madame Valérie Magimel. Elle avait reconnu son frère. Jean-Charles Ferjac. Perrier l'interrogea :

— Depuis quand n'avez-vous pas vu votre frère ? Il porte une alliance, c'est donc qu'il est marié. Pourquoi sa femme n'a-t-elle pas signalé sa disparition ?

La pauvre femme plia sous le flot des questions, elle s'excusa presque en expliquant :

— En fait, il est venu dîner à la maison mercredi soir. Sa femme est partie en vacances avec les enfants, dans sa famille en Auvergne. Est-ce que je peux le voir ?

Perrier acquiesça mais tint à préciser :

— Je vous préviens le spectacle n'est pas beau à voir. Sa mort remonte à 4 jours au moins. Vous êtes sûr que vous tiendrez le coup ? En même temps, nous avons besoin de quelqu'un pour l'identifier.

La sœur pleurait toutes les larmes de son corps. Elle reniflait en se levant et suivit Perrier. Elle trouva pourtant la force de poser la question :

— Comment est-il mort ? C'est un accident ? Il a eu une crise cardiaque ?

Elle ne lui donna pas le temps de répondre :

— C'est une crise cardiaque… Voilà… C'est sûrement une crise cardiaque. Je n'arrive pas à le croire. On lui avait pourtant dit de faire attention. D'arrêter de fumer. De se mettre au régime. Mais il n'en faisait qu'à sa tête. Oh mon Dieu ! La pauvre Françoise… et les petits…

Elle continua de soliloquer ainsi jusqu'à la morgue. Perrier ne chercha pas à l'interrompre. Il savait que cette logorrhée était une façon d'évacuer la douleur, le chagrin. Chacun avait sa façon de réagir devant la mort d'un proche. Elle, elle parlait à l'infini.

Par contre elle se tut illico en arrivant devant le corps de son frère. Perrier lui octroya quelques minutes de recueillement. Ses pleurs redoublèrent. Elle faisait « oui » et « non » de la tête. « Oui » parce que c'était bien son frère et « non » parce qu'elle n'y croyait pas.

Compatissant, Perrier lui entoura les épaules et la guida vers la sortie.

— Je vous présente mes condoléances madame. Vous voulez bien revenir avec moi au commissariat ? J'ai besoin de quelques renseignements et que vous signiez votre déposition. Ça va aller ?

La sœur le suivit en silence cette fois. Elle était en état de choc. Il la guida jusqu'à ce qu'elle soit de nouveau assise en face de lui dans son bureau. Il lui fit apporter un verre d'eau fraîche. Puis avec beaucoup de douceur lui demanda :

— Si vous m'en disiez un peu plus sur votre frère ? Commençons par sa date de naissance.

Elle se moucha :

— Il est nez le 6 mai 1967 à Arcachon. Nous avons… nous avions deux ans de différence. C'était mon petit frère. Il a une agence immobilière…

— Je savais bien que ce nom me disait quelque chose. Je vois très bien où est son agence… continuez. Comment marchent ses affaires ?

— Bien. Très bien. Il a eu un petit passage à vide, mais les affaires ont repris. Nous travaillons ensemble…

— Et vous ne vous êtes pas rendu compte de son absence ? ?

— Ben… c'est-à-dire que moi aussi je suis en vacances et nous nous parlons… parlions pas tous les jours… les vacances c'est…

— Sacré. Je comprends.

Tout d'un coup, il dégaina la photo des cinq compères. La lui plaquant devant elle, par dessus le bureau.

— Vous pouvez me dire où il est sur cette photo ?

Elle se saisit de l'image. La fixant avec étonnement :

— Mon Dieu, c'est la bande à Bonot. Où avez-vous eu ce document ?

Il ne répondit pas à sa question, continuant à l'interroger :

— La bande à qui ? ?

Elle désigna l'un des jeunes d'un index tremblant :

— C'est ainsi qu'ils s'étaient baptisé. Ils se connaissaient depuis le lycée. À l'époque ils étaient inséparables.

Elle les désigna un à un du même index tremblant :

— François… Eric… Julien… Max et mon frère. C'est moi qui prenais la photo, c'était le soir du 31 décembre 1988. C'est une des dernières photos où on les voit tous ensembles… Oh mon Dieu ! !

— Qu'y-a-t-il ?

— Ils… ils sont tous morts… sauf Max qui a disparu.

Perrier la détrompa :

— Je suis navré de vous l'apprendre mais lui aussi est décédé. Dans les mêmes conditions que les autres.

— Oh mon Dieu ! Vous l'avez retrouvé mort ? Quand ça ?

— Il y a 2 jours. Ce qui nous fait penser que votre frère et lui ont été tués presque en même temps.

Elle prit un temps pour assimiler l'information.

— Vous… vous voulez dire que pendant toutes ses années Max était vivant ? Il était où pendant tout ce temps ?

Une fois de plus Perrier éluda la question. Soudain elle explosa :

— Pourquoi toutes ces morts ?!! Que s'est-il passé ? Qui a fait ça ?!!

Elle le regardait suppliante. Il ne put soutenir son regard..

— Nous n'en savons rien madame. C'est pourquoi j'ai besoin de votre aide. Vous dites que c'est l'une des dernières photos où ils sont ensembles, pourquoi ?

— Parce qu'après cet été-là ils se sont séparés.

— Pourquoi ?

— D'abord, il y a eu la disparition de Max.

— Et…

— Je… je n'sais pas. À l'époque je venais de rencontrer mon futur mari, alors je traînais moins avec eux. Tout ce dont je me souviens c'est qu'un soir, vers la fin du mois d'août…

— Du mois de juillet vous voulez dire ??

Elle eut un geste de la main significatif :

— Non. Non. C'était après le quinze août. J'avais raccompagné Sébastien à la gare. Il rentrait chez lui à Clermont. Je n'avais pas le moral et n'arrivais pas à dormir. Jean-Charles est rentré tard dans la nuit. Il avait pas mal bu et semblait sens-dessus-dessous. Il jurait et tapait dans tout ce qu'il rencontrait. Je… je lui ai demandé ce qui lui arrivait.

Ses larmes revinrent. Elle regarda au ciel :

— Lui si gentil d'habitude, m'a envoyé paître. Il ma dit de me mêler de ce qui me regardait. Après ça, il n'a plus été le même pendant longtemps, il a foiré ses études, lui qui ne buvait pas ou peu, était de plus en plus souvent saoul. Mes parents ne savaient plus quoi faire. Et puis petit à petit, nous avons retrouvé notre Jean-Charles. Le jour de mon mariage, il a fait la connaissance de Françoise. Une amie de la famille de mon mari. Grâce à elle, il est redevenu mon p'ti frère chéri. Une chose est sûre, c'est qu'il n'a plus voulu voir ses amis après ce soir-là. Et il n'a jamais voulu m'expliquer pourquoi.

Elle fut submergée par une vague de sanglots. Perrier la laissa aller à son chagrin. Analysant ce qu'elle venait de dire. Ses révélations soulevaient plus de questions qu'elles ne donnaient de réponses. Quand Francis allait apprendre ça…

— Vous ne savez donc pas qui il a pu rencontrer ces derniers jours ?

Elle hoqueta :

— Au..cu..ne i..dée.

— Est-ce que vous m'autorisez à fouiller son agence et sa maison ? Nous trouverons peut-être un indice. Il devait bien avoir un agenda ?

— Oui.

— Parfait. Nous allons pouvoir refaire son emploi du temps.

À ce moment-là l'un des assistants de Perrier entra discrètement, un papier à la main.

— Ah. Voilà votre déposition. Merci de la signer.

Ce qu'elle fit sans relire.

— Est-ce que vous vous sentez le courage de nous accompagner à l'agence. Nous avons besoin de vous comme témoin.

Elle accepta, mais avant demanda à s'isoler pour appeler son mari.

— Vous comprenez il doit s'inquiéter.

Elle regarda sa montre :

— Cela fait au moins deux heures que je suis là, il doit être mort d'inquiétude.

Pendant qu'elle appelait, Perrier donnait des ordres. Puis il appela Francis, qui bien sûr ne répondit pas. Il sourit : « À cette heure-ci il est sur la plage. Vacances oblige… » Il lui laissa un message.

CHAPITRE VIII

Francis était au téléphone avec Jacques, qui lui faisait un rapport circonstancié sur les nouveaux évènements. Il avait à peine prit le temps de prendre une douche en rentrant de la plage. Le message de son ami l'avait excité au plus haut point. Il avait grimpé les escaliers quatre à quatre en fredonnant :

— Les choses bougent… les choses bougent…

Maintenant, en arpentant le jardin, il écoutait attentivement Jacques. Quand celui-ci eut terminé, il réfléchit quelques minutes puis :

— Tu vas rappeler la sœur. Il faut qu'elle nous donne la date exacte du fameux soir où son p'ti ami est parti. Quand tu auras la date, tu refais la même opération que pour Sandrine.

Cherche les faits divers et les mains courantes dans un rayon de cinquante kilomètres.

— Ben… ? Pourquoi ?

— Ils ont recommencé mon ami. Ils ont recommencé et cette fois cela a dû se passer encore plus mal. Voilà pourquoi ils se sont séparés. Ils ont eu la trouille… la visite à l'agence a donné quelque chose ?

— Nous n'avons pas trouvé d'agenda. Ni chez lui. Mme Magimel a noté que son attaché-case n'était pas là.

— Le meurtrier l'a gardé. Il devait donc être noté dans l'agenda. Sinon il l'aurait abandonné derrière lui. Dis-moi, est-ce que tu as retrouvé les agendas des autres victimes ?

— Heu… non. En fait, je n'en sais rien. Je ne me suis pas intéressé à ça. Delamont était commerçant et tenait boutique Cours de l'Intendance. Dupré était médecin donc son agenda était plein, et cela ne nous aurait menés à rien, à moins d'interroger chacun des patients. Quant à Chalon… il rencontrait tellement de monde que cela aurait été comme chercher une aiguille dans une botte de foin. Et puis Max, tu le sais comme moi. Il n'avait pas d'agenda.

— Hun… je vois. Il faut quand même essayer de retrouver ces agendas, en les recoupant on aura peut-être une chance de trouver un nom commun aux trois. Mets l'un de tes lutins sur le coup. Qu'il s'attache aux derniers jours avant la mort de nos amis. Je vais demander à Chapel et Brasco de faire la même chose pour Delamont.

— Qu'est-ce qu'on fait pour Destrailly ?

— Avec ce nouvel éclairage, je crois que notre suspect numero uno vient de gagner une carte de sortie de prison. Je suis persuadé que nous avons à faire à un nouveau vengeur.

— Si tu as raison, on en revient aux mêmes questions : Pourquoi maintenant ? Et pourquoi cette accélération dans les actes ?

— On verra ça plus tard. Pour l'instant il faut que l'on vérifie les agendas, les mains courantes, les faits divers. Tu vois y'a du boulot. Allez, tiens-moi au courant.

Il raccrocha. Aussitôt fait, les autres lui sautèrent sur le poil. Exigeant des informations. Quand il eut terminé son rapport, les têtes hochaient. Maïté résuma :

— Nous avons donc une bande de jeunes petits salauds, dont le jeu principal était de violer de pauvres filles, en abusant de leur force et de leur nombre.

Sidonie secouait la tête :

— Ils ne devaient pas être à leur coup d'essai. Il doit y avoir d'autres victimes.

— Pas après août 89. Mais peut-être avant.

Souligna Pascal. Francis n'était pas d'accord :

— Je crois au contraire que c'était leurs deux seules victimes. En bande en tous les cas. Car Max a été tellement horrifié qu'il n'a pas participé, qu'il a fuit au bout du monde. Et qu'après leur deuxième agression ils se sont séparés. À mon avis l'un d'entre eux l'avait déjà fait et c'est le chef de meute.

Thibault ne put s'empêcher de sourire, il pensa à ce que Camille lui avait dit au sujet des chefs de meutes. Mais Francis continuait :

— Une bande a toujours un meneur. À mon avis le mec en question avait certainement goûté au viol en solo. Il a dû réussir à persuader ses amis du côté fun de la chose. En les faisant boire certes, mais il les a convaincus.

Jean intervint :

— Il faudrait savoir qui était le chef. Peut-être que la sœur de Jean-Charles pourrait nous le dire. Elle les fréquentait, donc elle doit savoir.

— Ouaip ! Tu as raison. Et dès demain matin nous allons l'interroger. Qui vient avec moi ? ?

Il regarda ostensiblement ailleurs que vers Sidonie, allongée dans son hamac, Tchang sur le ventre. Elle s'offusqua :

— Pourquoi demandes-tu ça ? C'est moi ta partenaire. Personne d'autre. Alors c'est moi qui t'accompagne. Point final ! Ha mais !

Francis cacha son sourire. Ce qui fait qu'il ne vit pas celui de sa femme. Indifférent au petit manège du couple, Thibault demanda :

— Si comme tu le penses on a à faire avec une autre victime, pourquoi a-t-elle attendu si longtemps pour se manifester ? Le premier crime a eu lieu en 2006. Ça fait un sacré bail quand même.

Francis fit la même réponse qu'à Jacques :

— Cela n'a aucune importance. On le saura quand on aura le qui.

— Cela pourrait quand même nous aider de savoir qui c'est.

— Thibault a raison. Cela nous donnerait une orientation pour nos recherches.

Dis Jean persuasif.

— Comment ?

Répondit Francis presque agressif. Sidonie prit le témoin :

— Ben comme le viol a eu lieu en été, pendant les vacances, la victime était peut-être une touriste. Ce qui fait qu'au contraire de Sandrine, elle ne connaissait pas ses agresseurs et qu'elle a mis du temps à les identifier et les retrouver. Cela explique le délai.

— Ou alors elle est du coin et elle a eu du mal à se remettre de son agression. Elle est enfin guérie et applique le plan qu'elle a mijoté depuis des années.

Renchérit Jean. Francis rit de bon cœur :

— Ou alors les deux. Une étrangère qui a mis du temps à se remettre et à identifier. Non. Non. Croyez-moi. Nous ne pouvons baser notre enquête sur des conjectures.

— Bien. Puisque tu es si fort. Comment vas-tu retrouver la tueuse ?

Dit Jean narquois.

— Ça mon grand je n'en sais rien… mais alors rien du tout. Pourtant on va y arriver. Tu sais bien que l'on y arrive toujours.

Sidonie s'exclama :

— Quelle mauvaise foi ! Tu ne veux pas entendre nos arguments et pourtant tu patauges. Môôôssieur le commissaire n'accepte pas d'aide. Il n'admet pas que d'autre puisse avoir des idées… Ah ! Ah !

Francis se leva en toute hâte et vint vers elle, la cajolant :

— Ne rit pas comme ça ma chérie. Tu risques d'accoucher prématurément.

Tchang outré d'avoir été dérangé quitta l'endroit. Sidonie continuait de rire.

— Ô mon chéri. Je t'aime tellement. Mais tu me fais toujours rire.

Ils s'embrassèrent.

*

* *

Les Delani étaient devant le portail des Magimel. La maison ressemblait à celle des Destrailly. À la seule différence que des enfants jouaient dans le jardin. Une adorable petite fille, toute bronzée s'approcha dès qu'elle les aperçut. Francis dégaina ses fossettes pour lui parler.

— Bonjour mademoiselle. Je suis le Commissaire Delani, nous voudrions parler à votre maman. Vous voulez bien la prévenir s'il-vous-plaît.

Sidonie ne put s'empêcher de sourire à ce déploiement de charme. Un vrai Don Juan. La petite ne résista pas à cet adulte qui la traitait comme une grande dame, lui fit un grand sourire édenté et ouvrit le portail pour les laisser entrer. Puis elle partit en courant et en hurlant :

— Maman… Maman… Maman… Y'a un monsieur qui veut te parler !

La maman arriva sur le pas de la porte. Les yeux gonflés par les pleurs, elle semblait ravagée. Son mari la suivait de près. Elle demanda d'une voix atone :

— Vous désirez ? Je n'ai pas beaucoup de temps à vous consacrer. J'attends ma belle-sœur.

Francis prit un ton plus adapté aux circonstances.

— Bonjour madame, monsieur. Je suis le Commissaire Divisionnaire Delani. Et voici Mme Fervel mon assistante. Nous vous présentons nos condoléances pour la perte de votre frère. Nous sommes navrés de vous déranger, mais nous aurions des questions à vous poser. C'est pour l'enquête vous comprenez ?

La femme hésita, puis lasse, elle leur fit signe d'entrer. Ce qu'ils firent en les suivant dans le salon.

La maison était en pétard. Un désordre indescriptible régnait. Comme si les placards avaient été vidés par un acharné. Francis et Sidonie échangèrent un regard.

Ils se dégagèrent une petite place sur le canapé et prirent place. Le couple Magimel s'installa dans des fauteuils en face d'eux. Apparemment ce désordre faisait parti de leur quotidien.

— En quoi puis-je vous aider ?

Francis se racla la gorge.

— Voilà. Vous avez dit au commissaire Perrier que votre frère faisait parti d'une bande… euh… la bande à Bonot je crois ? C'est ça ?

Valérie eut un pauvre sourire.

— Oui. Ils trouvaient ça drôle.

— Qui était le chef de la bande ?

— Pardon ?

— Dans une bande, il y a toujours un chef. Alors qui était le chef de la bande à Bonot ? En un mot, qui était Bonot ?

Elle réfléchit une seconde :

— Oh il n'y avait pas vraiment un chef. François était… disons… le meneur. Il avait toujours plein d'idées…

Francis eut une moue approbatrice.

— Pour s'amuser ? C'est ça ?

— Voilà. Il était un véritable boute-entrain. Max et mon frère le connaissait depuis la primaire et l'admirait beaucoup.

— Ils lui obéissaient en tout c'est ça ?

— Oui. Cela embêtait mes parents, mais il était tellement charmant…

— Qu'il aurait fait faire n'importe quoi à n'importe qui.

— C'est ça.

— Comme violer des filles.

Le couple Magimel eut un haut-le-cœur. Le mari fut le premier à réagir :

— Qu'est-ce que vous dîtes ?!

— Vous avez bien compris. Je parle de viol.

Cette fois Valérie était en colère :

— De quel droit vous permettez-vous d'accuser mon frère de viol ?

— Parce que nous en avons la preuve chère madame.

Sidonie sursauta. Son mari venait de mentir sans un sourcillement. Francis continua comme si de rien n'était :

— Pourquoi croyez-vous que votre frère ait été assassiné ?

Le couple échangea un regard plein d'interrogation.

— On… on ne sait pas. Un sadique ? Un fou furieux ?

— Plus exactement une folle furieuse. Ivre de vengeance. Parce que la bande à Bonot, un beau soir d'août 89 l'a violée. Au fait, pouvez-vous me préciser la date de ce fameux soir ?

Valérie fit comme si elle n'avait pas entendu, elle réfléchissait.

— Vous voulez dire que si mon frère était si bouleversé ce soir-là, c'est parce qu'il venait de violer une fille ? Cela expliquerait son attitude les années qui ont suivi et le fait qu'il n'a jamais voulu revoir, ni entendre parler des autres après…

Sébastien prit la main de sa femme.

— Je suis navré ma chérie…

Tout d'un coup elle le regarda comme si elle le voyait pour la première fois, une lumière venait de s'allumer dans son cerveau :

— Ne… ne… me dis pas que tu le savais !!??

Francis et Sidonie échangèrent un regard étonné. Mais Valérie ne lâchait pas le morceau. La tête que faisait son mari en disait long… Elle se mit à le frapper.

— Ce n'est pas vrai !… Tu le savais !… Tu l'as toujours su ! Tu n'as pas pu me faire ça !!!

Le pauvre mari se protégeait comme il pouvait des coups de poings qui pleuvaient. Francis intervint pour faire cesser la grêle de coups.

— Calmez-vous madame. Je vous en prie. Calmez-vous. Il n'a pas dit ça.

Elle se tourna comme une furie vers Delani.

— C'est tout comme ! Vous ne le connaissez pas !… Moi si !

Elle se frappait la poitrine de l'index. Elle le désigna du même doigt :

— Regardez-le ! Là il fait sa tête de coupable.

Elle se figea soudain.

— Ne me dis pas que toi aussi…

Le mari se leva d'un bond.

— Non. Non. Ma chérie. Non. Je n'ai jamais…

— Alors comment le sais-tu ? ?

— Ben… C'est Jean-Charles qui m'en a parlé. Il n'en pouvait plus de garder ce secret. Et puis il avait l'air si malheureux… J'ai voulu l'aider… tu comprends ? Tu comprends ? Dis ? Tu sais que je l'aimais comme un frère… et puis il m'a fait jurer de ne jamais en parler à personne.

— À personne je veux bien ! Mais à moi ? À moi tu devais le dire…

— Pardonne-moi ma chérie.

Il la suppliait. Elle s'était effondrée dans le fauteuil et n'arrivait plus à prendre sa respiration. Sidonie fut immédiatement en alerte.

— Elle va faire un malaise.

Elle tapota les joues de la jeune-femme puis, voyant l'inutilité de la chose, se décida à lui donner une gifle. Valérie cessa son apnée.

— Il faut appeler un médecin. Elle est en état de choc. Il faut l'allonger sur le canapé.

Les deux hommes lui obéissaient sans émettre la moindre contradiction. Pendant qu'ils l'installaient le plus confortablement possible, Sidonie appelait le SAMU.

— Ils arrivent. En attendant, il faudrait lui faire boire un peu d'alcool fort. Vous auriez du cognac ou du whisky ?

Le pauvre mari agissait en zombi. Il revint avec un verre et une bouteille. Sidonie essaya de faire couler un peu d'alcool dans la gorge de Valérie, plus ou moins consciente. Francis s'adressa à Sébastien.

— Vous devriez en boire un coup vous aussi. Vous êtes blanc comme un linge.

Sébastien obéit comme un automate. Francis l'aida à s'asseoir.

— Vous vous sentez mieux ?

Sébastien ferma les yeux en signe d'assentiment.

— Vous voulez que l'on sorte prendre l'air, en attendant le SAMU ?

Sébastien se laissa faire. La petite qui jouait avec son frère, se jeta dans les bras de son père :

— PAPAAAA !!!

Il la serra contre lui. Les larmes aux yeux.

— Ma biche. Mon petit amour. Tu vas bien ?

— C'est quanquon va à la plage ???

— Tu as une piscine ça ne te suffit pas ? Maman est un peu fatiguée. On ira un autre jour.

Il reposa l'enfant qui faisait la lippe. Francis sentit venir le caprice. Le papa également.

— Inutile de pleurer. On ira un autre jour. Compris ?

La petite ravala ses larmes et rejoignit son frère, qui continuait de jouer sur sa « game boy », indifférent à ce qui se passait autour de lui. À ce moment-là, la sirène du SAMU fit diversion. Francis alla au-devant d'eux.

— Venez messieurs. C'est par ici.

Il les guida jusqu'au salon.

L'intervention des médecins fut rapide. Prise de tension. Un peu trop haute. Piqûre de calmant.

— Voilà. Elle va dormir toute la journée. C'est ce qu'il y a de mieux dans son état.

Francis et Sébastien portèrent Valérie dans sa chambre cette fois. Volets fermés. Ventilo en route. Ils la laissèrent. Dans le couloir qui ramenait au salon, Francis lui dit.

— Je crois que nous avons à parler tous les deux.

Sébastien opina. Ils retrouvèrent Sidonie qui les attendait. Ils reprirent place en silence.

— Je vous écoute M. Magimel. Racontez-moi ce qui s'est passé cet été-là ?

Sébastien se servit un nouveau verre. Sans en offrir. Ce n'était pas le moment des politesses. Sa voix trembla un peu au début, puis elle s'affirma :

— Vous savez, il n'y a pas longtemps que je sais. Jean-Charles était si malheureux. Je le voyais se détruire de jour en jour. Par ricochet cela détruisait sa famille. Et surtout Valérie. Elle repoussait sans cesse la date de notre mariage. Elle a même failli rompre nos fiançailles vous savez ? À chaque fois c'était parce qu'elle ne se voyait pas être heureuse alors que son frère souffrait autant. Elle trouvait cela indécent. Cela faisait trois ans que j'attendais. Je l'aimais moi. Je voulais fonder une famille avec elle. Alors j'en ai eu marre.

Il but une gorgée pour se donner du courage.

— Un week-end où j'étais venu voir Valérie, j'ai pris le taureau par les cornes. J'ai coincé mon beau-frère… enfin… mon futur beau-frère. Je lui ai passé un savon. Lui disant à quel point il était égoïste et qu'il faisait souffrir sa famille. Qu'il y en avait marre. Que si il voulait bousiller sa vie ça le regardait, mais il n'avait pas le droit de bousiller celle de sa sœur et la mienne en même temps…

Le couple en face de lui l'écoutait avec attention. Lui secouait la tête en parlant, comme si tout ce qu'il disait, ou s'apprêtait à dire était de la folie. Sidonie l'interrogea :

— Quelle a été sa réaction ? Il s'est révolté ? Vous a dit de vous mêlez de vos affaires ?

— Non. Rien de tout ça. Au contraire. Il s'est mis à pleurer. Comme un gosse. Cela m'a fendu le cœur. Alors je me suis assis sur le lit à ses côtés. Je l'ai supplié de me dire pourquoi il avait un tel comportement. Il a fini par craquer et il s'est confié en me faisant jurer de ne jamais révéler à quiconque ce qu'il allait me dire. J'ai juré…

Francis n'en pouvait plus de ses préambules. Il rongeait son frein dans son fauteuil. Mais il ne voulait pas l'interrompre, de peur que la confession s'arrête.

— Le soir du 14 juillet 89, ils ont rencontré une vieille copine à eux…

— Sandrine Destrailly.

Le coupa Francis.

— Ah ? Vous savez déjà ?… Avant elle faisait plus ou moins parti de la bande. Mais elle ne les fréquentait plus depuis quelques temps. Elle avait un p'ti copain qui ne les appréciait pas outre mesure. Ce soir-là elle était seule. Ils ont bu plusieurs verres ensemble en attendant le feu d'artifice. Puis ils sont allés danser.

— Sandrine était avec eux ?

— Oui. Vers les trois heures du matin, elle était fatiguée et a voulu rentrer…

Sidonie s'étonna :

— Ils ne lui ont pas proposé de la raccompagner ?

Francis ironisa :

— Pour ce que cela aurait servi…

Elle lui lança un regard noir. Sébastien continua :

— Ben justement. Vous avez raison madame. Ils lui ont proposé de la raccompagner. Disant que le parc Mauresque pouvait être dangereux la nuit. Malheureusement pour elle, elle a accepté. Une fois dans le parc,

François a commencé à la chahuter, puis à la… vous savez ?

— La peloter ?

Précisa Francis.

— Oui. C'est ça. Elle l'a repoussé. Alors il s'est moqué d'elle, puis a pris les autres à témoin. La traitant de sainte-nitouche. Les autres ricanaient bêtement. Il l'a poussée contre un arbre, accentuant ses caresses. Elle s'est mise à hurler. Il a demandé aux autres de la faire taire et de la tenir pendant qu'il lui montrait qui était l'homme. Au début les autres ne voulaient pas. Puis François les a poussés, leur promettant que eux aussi pourraient s'amuser.

— Même Max ?

— Non. Max s'est tenu à l'écart. La pauvre Sandrine a fini par s'évanouir. Ils l'ont laissée comme ça… dans l'herbe… pauvre gosse torturée. Ils sont partis en riant comme des idiots.

— Max était encore là ?

Insista Francis.

— Non. Il était parti… ils ne l'ont jamais revu. Quand la police les a interrogés, ils ont dit qu'ils l'avaient perdu de vue après le feu. Ils ont fini la nuit chez François, préparant une histoire pour la police. Ils avaient tous peur. Sauf François qui les exhortait à bien rigoler. Que Sandrine n'oserait jamais porter plainte contre eux…

Francis le coupa narquois :

— Grand psychologue le François. Il a eu raison. Elle n'a rien dit.

— Non… Au début ils ont vécu la trouille au ventre au quotidien. Puis François les a convaincus qu'ils ne risquaient rien. Alors ils ont repris leurs vacances et leur vie…

Sidonie était révoltée.

— Sans remords ? Comme ça ? Ils ont repris leur vie ?? Et leur ami Max ? Ils ne se sont pas demandé où il était ?

— Oh ! François les a persuadés que c'était un trouillard et qu'il allait reparaître à la rentrée. Fallait pas se faire de souci.

Francis s'impatientait :

— Et la deuxième ?

— Une jeune fille qu'ils ont draguée sur la plage. Avec d'autres. Ce soir-là…

— À quelle date précisément ?

S'énerva Francis.

— Le 18 août 1989. C'était le week-end après l'Assomption. Les parents de François étaient absents, alors ils ont organisé une fête chez lui. Une méga fête. Valérie et moi nous ne sommes pas restés longtemps. Je devais prendre le dernier train pour Bordeaux et rentrer chez moi à Clermont. On avait envie de rester un peu seuls, vous comprenez ?

Le couple opina en souriant, complice.

— On les a laissés. La fête battait son plein.

— Que s'est-il passé ?

— Jean-Charles m'a dit qu'une fois de plus ils avaient beaucoup bu. Je crois qu'il y avait également de la drogue. En tous les cas, François a jeté son dévolu sur une des jeunes touristes draguées sur la plage. Il l'a fait boire et puis… vous imaginez la suite…

— Ils l'ont violée elle aussi ?

Le ton de Francis était glacial. Sébastien acquiesça.

— Tous ? Ils l'ont tous violée ?

Sébastien fit oui de la tête. Francis s'exclama :

— Ce François quel petit salaud ! Comme ça il les tenait. S'ils participaient, ils ne pouvaient le dénoncer. Et puis cela fait toujours plaisir de faire de nouveaux adeptes. Il devait se sentir puissant. Violer les filles, asservir ses potes. Un véritable enfant de chœur, ses parents devaient être fiers de leur petit. Il a de la chance d'être mort. S'il était tombé entre mes mains…

Il revint sur terre.

— Le nom. Est-ce que Jean-Charles vous a donné son nom ?

Sébastien eut l'air embêté.

— Je… je ne m'en souviens pas.

Maintenant il s'excusait :

— Ce n'était pas important pour moi. Vous comprenez ? S'était une allemande je crois.

— Vous croyez ou vous êtes sûr ?

— J'en suis sûr. En fait, Jean-Charles en était sûr. Il était amoureux d'elle. Ce qui l'a le plus bouleversé, c'est que c'est lui qui l'a amené à la fête. François la lui a soufflée sous le nez. Puis il l'a offerte aux autres.

Francis était écœuré :

— Un vrai seigneur.

Sidonie demanda scandalisée :

— Vous voulez dire que lui aussi l'a…

— Non. Non. Mais il a assisté à tout…

— Comme Max… D'où en Allemagne ? Il le savait ?

— Frankfurt… ou Munich… je ne me souviens plus.

— Décidément. Vous ne vous souvenez pas de grand chose.

Le mauvais caractère de Francis ressortait. Sidonie lui mit une main apaisante sur la cuisse :

— Essayez de vous concentrer. Je suis sûre que cela va vous revenir.

Sébastien ferma les yeux. Plissa le front. Serra les dents. Rien.

Francis poussa un soupir. Ne cachant pas son agacement. Pourtant il demanda avec une petit lueur d'espoir :

— Est-ce que par hasard votre beau-frère aurait tenu un journal ? Son ami Max l'a bien fait lui. Peut-être qu'avec un peu de chance il aura noté le nom de la petite. Avec son adresse et son numéro de téléphone de préférence.

— Attendez ! Maintenant que vous le dites…

Il se leva à toute vitesse, courut dans le fond de la maison. Remua beaucoup de choses. Francis et Sidonie se regardèrent en souriant.

— Si il retrouve quelque chose dans le chaos de cette maison, je l'embrasse sur la bouche. Foi de Delani.

Cela prit du temps, mais Sébastien réapparut enfin avec une boîte en carton. Scotchée hermétiquement. Fier de lui, il la posa sur la table du salon, en poussant les objets hétéroclites qui gisaient là, les faisant choir lamentablement sur le sol déjà jonché. Cela n'eut pas l'air de le troubler. Il arrachait les scotchs nerveusement.

— Un jour, il m'a donné cette boîte en me disant : « Si je meurs prématurément, je t'autorise à ouvrir ce carton et à l'amener à la police. Ils auront tout ce qu'il faut pour arrêter ce salaud de François. »

Tout excité Francis se leva en se frottant les mains. Dès que les bords du carton furent écartés, il plongea le nez et la main. Il en sortit des photos, plein de photos. Des articles de journaux qui parlaient de la disparition de Max. Un bout de papier tomba. Francis l'attrapa avant même qu'il ait touché terre. S'était un bout de feuille de carnet d'écolier jaunie. Dessus. Une main presque enfantine avait écrit : *Jessica Herman – Wolfang Strasse 23 – 80000 Munich.* Francis dit sur le ton de la plaisanterie.

— Elle n'a pas donné son numéro de téléphone… dommage.

Pourtant son moral remontait. Il avait un indice. Et un sacré indice. Malgré tout, il voulait une dernière précision :

— Que s'est-il passé après le viol ? Cette jeune fille n'a pas porté plainte pourquoi ?

Sébastien la tête dans le carton à la recherche d'un indice, mit du temps à répondre :

— Ils l'ont abandonnée sur la plage. Elle était inconsciente. Je pense qu'elle n'a pas osé, qu'elle n'a pas su, qu'elle a eu peur. Elle était en camping avec des copines. Elle n'a peut-être pas voulu que ses parents apprennent ce qui lui était arrivé.

Sidonie alla dans son sens :

— C'était peut-être la première fois que ses parents la laissaient partir seule avec des copines. Elle n'a pas voulu qu'ils sachent qu'elle avait fait une bêtise. Parce qu'à ses yeux, c'était elle la coupable. Elle devait avoir terriblement honte. Je suis sûre qu'elle n'en a même pas parlé à ses amies.

Francis abonda :

— Elle a refoulé sa souffrance, échafaudant sa vengeance. Cela a dû la ronger comme un cancer. Pauvre gosse, elle a dû se sentir bien seule. Elle n'a pas eu la chance de Sandrine. Elle au moins en a parlé à ses parents qui l'ont soutenue. Elle a pu sinon guérir, au moins être apaisée. Se construire une vie. La pauvre Jessica a dû… doit vivre un enfer… Bien

Sébastien, nous allons vous laisser. Nous vous remercions de votre collaboration. Occupez-vous de votre petite famille. Votre femme et votre belle-sœur vont avoir besoin de vous.

Il tendit la main à Sidonie pour l'aider à se lever.

— Tu viens ma chérie ? On rentre.

Ils quittèrent la maison Magimel, avec le carton sous le bras.

CHAPITRE IX

Une bonne odeur de viande grillée embaumait le jardin. Deux barbecues fumaient, chargés de viandes et de poissons. Les invités allaient et venaient, verre à la main. Plaisantant. S'interpellant. Se sustentant. Le Golum, allait de l'un à l'autre, guettant la moindre bricole qui aurait pu tomber.

Ils étaient tous là pour l'anniversaire de Jean. Même Etchegaraye avait fait le voyage depuis Biarritz. Des enfants couraient, faisant des allers et retours entre la maison et la plage. Camille était là en temps que petite amie de Thibault, ainsi que son associé, tous les deux en tant que sauveurs des amis à poil.

Antoine en plus d'un verre, tenait Tchang jeté sur son épaule. Sidonie s'approcha d'eux :

— Je dois avouer que je suis un peu jalouse. En principe il n'y a qu'avec moi ou Francis qu'il accepte de se tenir ainsi. Je peux le garder des heures.

Elle caressa son chat avec tendresse.

— Il vous a complètement adopté.

— C'est parce qu'il est reconnaissant lui au moins. Les animaux rendent toujours l'amour qu'on
leur donne. Sans faillir. Il sait que je l'ai sauvé, alors il m'accorde son amitié. Au contraire des
humains. Qui eux, vous rende le bien que vous leur avez fait, en vous trahissant.

Sidonie le regarda, intriguée :

— Que voilà des propos bien amers. Si jeune et déjà si blasé. Qui vous a fait tant de mal ?

Il la fixa comme pour la mettre au défi de deviner. Elle soutint son regard :

— C'est une femme. Il n'y a que la trahison d'un être aimé qui peut rendre aussi amer.

Le rétrécissement des pupilles du jeune-homme, lui indiqua qu'elle avait vu juste. Elle continua en lui caressant le bras :

— Croyez-en mon expérience, cela finira par passer. Un jour vous…

Il la coupa :

— Pas de lieu commun, s'il-vous-plaît. Ce serait une insulte à mon intelligence…

Elle eut un geste de recul, haussant les sourcils :

— Je vois.

Elle eut un sourire ironique.

— Vous êtes peut-être intelligent, mais pas autant que vous le pensez.

Elle lui tapa la poitrine d'un index accusateur :

— Car voyez-vous, il vous manque l'intelligence du cœur cher monsieur. Et à mon avis c'est la seule intelligence qui compte.

Elle allait lui tourner le dos, quand il la retint par le bras :

— Excusez-moi. Je suis un grossier personnage. J'aurais dû savoir qu'un aussi beau chat ne pouvait avoir qu'une maîtresse sage et finaude.

Sidonie suspendit son geste :

— Y aurait-il un fond de sucre sous cette carapace de chocolat amer ?

Elle lui fit face à nouveau :

— Cela me réconforte… Je me disais aussi… Quand on aime les animaux comme vous, on ne peut qu'être profondément sensible. Ce qui explique votre rancœur en même temps. Elle devait être une sacrée, vraie, foutue garce, pour vous avoir brisé le cœur à ce point.

— Oui. Vous avez tout juste. Une vraie, foutue garce…

— Vous l'aimiez tant que ça ?

Elle l'entraînait vers le buffet.

— Pas si tant tellement que ça. J'en pinçais pour elle c'est vrai, mais sans plus. Il n'y avait pas suffisamment longtemps que l'on se connaissait

Sidonie fut très étonnée :

— Ben alors. Pourquoi n'êtes-vous pas guéri ?

— Parce que ce qu'elle m'a fait est impardonnable.

Elle lui tendit une assiette remplie de bonnes choses. Et tout en s'en préparant une pour elle, elle demanda :

— Qu'est-ce qu'une femme, peut bien faire d'aussi impardonnable à son petit ami ?

Il rit :

— Bien tenté… Je ne suis pas encore assez saoul pour vous en parler… (il claqua des doigts) comme ça. Nous ne sommes pas assez intimes…

Elle se fit enjôleuse, caressant Tchang :

— Pourtant nous sommes aimés par le même chat. Cela crée des liens ça, vous ne trouvez pas ?

Il sourit, sincèrement cette fois.

— Vous feriez parler un muet. Vous ? C'est ça ?

— C'est un bruit qui court dans le métier.

— Vous ne m'aurez pas quand même.

Elle eut l'air déçu :

— Tant pis. Je renonce. Vous êtes plus fort que moi.

Francis s'approcha d'eux à ce moment-là, un plat chargé de crevettes grillées.

— Hummm. On va se régaler.

La fête dura jusqu'au matin. Sidonie tenta à plusieurs reprises de tirer les vers du nez d'Antoine. En vain. Il résista à tous ses assauts.

Alors qu'ils se balançaient tendrement enlacés dans un hamac, admirant le lever du soleil, Sidonie rapporta à Francis sa conversation avec Antoine.

— D'après toi, qu'est-ce qu'une femme peut faire à un homme pas très amoureux, qui puisse le marquer à vie ?

Francis réfléchit un long moment.

— À vrai dire je ne vois pas… À part une humiliation… Il ne t'a pas dit dans quelles circonstances il a connu cette fille ?

— Non. Mais à mon avis, il devait être encore étudiant.

Francis enregistra l'information.

— Tu sais ce qui marque parfois les étudiants ? Cela n'a pas été le cas pour moi, je te l'assure. Parce que je ne me suis pas laissé faire… J'estimais inutile d'en passer par là pour m'affirmer…

Sidonie se redressa :

— Ça y est je sais de quoi tu parles. Le bizutage… il a été bizuté par des nanas et il ne s'en est pas remis… tu crois que c'est possible ?

— Tout dépend de ce qu'elles lui ont fait passer comme épreuve. Si elles l'ont bien humilié…

— Comme ?…

— Je ne sais pas. À cet âge-là, une humiliation sexuelle peut te marquer…

— Je vois. Avec une telle rancœur, il pourrait avoir envie de se venger lui aussi. Non ?

— Cela se pourrait oui.

Elle changea de conversation :

— Comment vas-tu faire pour trouver notre émasculeuse ?

— Jacques fait des recherches avec l'aide de la police allemande. On attend les résultats. Je pense que demain nous en saurons plus sur la petite Jessica.

— Est-ce que tu crois que je devrais en faire autant avec Antoine ? Ce garçon me fait de la peine. Il est beau, intelligent, mais son regard est si triste.

Francis l'embrassa :

— Ah ma petite chérie. Ton côté St Bernard qui ressort. Si je n'étais pas si sûr de ton amour, je pourrais bien être jaloux. Mais aussi beau et intelligent soit-il, je suis encore mieux. Hein ma douce ?

Un vrai gamin. Elle fit comme si elle n'avait pas entendu :

— Demain c'est moi qui emmène Tchang pour sa piqûre. Je réussirais bien à le faire parler.

— Humpfff…

Dit Francis vexé.

— Tu m'as dit quelque chose mon chéri.

Mon chéri rétorqua bougon :

— Regarde le soleil se lève, c'est trop beau.

Elle eut un petit sourire coquin.

*

* *

Jacques téléphona en fin de matinée. Il avait des nouvelles de Munich. Francis encore un peu dans les vap' l'écouta religieusement :

— Nos amis allemands ont fait une enquête approfondie sur la petite Jessica. Alors… la petite est bien venue avec des copines passer ses vacances ici. C'était la première fois qu'elle partait sans ses parents. Quand elle est rentrée à la fin du mois d'août, elle n'était plus la même…

— Tu parles… après ce qu'elle avait subi…

— Sa famille ne la comprenait plus. C'était une étudiante brillante. Elle n'a plus rien fichu. A abandonné ses études. Ses parents ont tout essayé…

— Oui il y avait quelques chose de cassé…

— Voilà.

— Qu'est-elle devenue ?

— Elle a quitté Munich début 90. La police et sa famille l'ont cherchée sans relâche. Un détective a fini par la retrouver dans un squat à Zurich. Elle était camée au dernier degré. Ils l'ont rapatriée et fait soigner, mais c'était trop tard, la petite est décédée fin 91. Elle s'est laissé mourir, ils n'ont rien pu faire pour la sauver.

— Pauvre petite. Ces salauds l'ont totalement détruite. Pauvres parents… Est-ce qu'ils ont su ce qui lui était arrivé ?

— Officiellement non. Mais ils ont peut-être gardé le secret. Tu sais, ces bons gros secrets de famille, qui sont gardés de génération en génération…

— Tu as sans doute raison. Les parents sont-ils encore vivants ?

— Non. Morts tous les deux… Ils ne se sont pas remis de leur perte.

Francis était déçu :

— Donc fin de la piste…

— Peut-être pas. La maman avait une sœur. Mariée à un certain Wisberg. Ils ont deux enfants : Liselote et Detlef. La première est mariée et mène une vie apparemment normale. Le fils est à l'étranger. Il est médecin et travaille pour une ONG. Ils ne l'ont pas revu depuis deux ans.

— Disparu ?

— Non. Ils reçoivent une lettre de temps en temps. Mais ils ne savent pas exactement où il est.

— Bien. Bien. Bien. Les affaires reprennent. Il faut que tu demandes à nos confrères allemands un max de renseignements sur ce garçon. Je trouve qu'il fait un candidat parfait pour le rôle du vengeur masqué. Pas toi ?

— Ben… peut-être. Mais je ne vois pas comment?

— T'inquiète, ça c'est mon boulot.

Ils se séparèrent.

Au même moment, Sidonie installait Tchang sur la table d'auscultation d'Antoine, pour sa piqûre quotidienne. Dire que le chat aimait cet instant, était une litote. Pourtant, résigné, il se laissa manipuler.

— Ce chat est un véritable amour. Il sait que je vais lui faire mal et il ronronne. C'est vraiment mon patient préféré.

— Il va bien?

— Son traitement est bientôt fini et il réagit bien. Encore deux piqûres…

Sidonie demanda inquiète:

— Est-ce qu'il ira bien après?

Antoine devint sérieux.

— Il a sept ans. Ses reins ont été touchés par le poison. Il faudra surveiller régulièrement son taux d'urée. Je vais vous donner un médicament qu'il devra prendre jusqu'à la fin. Autrement, il n'aura pas trop de séquelles.

Elle le regarda avec un sourire amical.

— Pas comme vous…

— Han... han… han… Vous ne m'aurez pas… je ne vous dirais rien de plus sur moi.

— Même si je vous invite à déjeuner dans votre resto préféré ?

Il éclata de rire :

— Non chère madame. Je ne suis pas vénal. Et si je l'étais, ce n'est pas un repas qui me ferait flancher.

— Dites-moi ce qui vous ferait plaisir ?

Il devint terriblement triste :

— Rien... absolument rien. Et de toutes les façons, vous ne pourriez pas me le donner.

Elle le fixa longuement. Le cœur serré par tant de tristesse. Abattue, elle conclut :

— Je vous demande pardon d'avoir insisté à ce point-là. Je vous assure que ce n'est pas de l'indiscrétion. Seulement de l'intérêt. Uniquement de l'intérêt. Tu viens Tchang, on s'en va.

Antoine la raccompagna jusqu'à la porte. Au moment de partir, Sidonie se tourna une dernière fois vers lui :

— En tous les cas, si un jour vous avez besoin d'une oreille attentive. Vous savez où me trouver.

Il dit en déposant un baiser sur ses lèvres.

— Merci Sidonie. Mais c'est trop tard. Le mal est fait. On ne peut plus revenir en arrière.

Elle ouvrit la bouche pour le convaincre du contraire. Lui dire qu'il n'était jamais trop tard. Mais il avait déjà refermé la porte. Sourd à tout ce qu'elle pourrait dire.

*

* *

Les jours passaient. La bande profitait de ses vacances. Le temps était magnifique, la chaleur caniculaire. L'enquête piétinait. Même Francis bloquait. Pourtant ce n'était pas faute d'en parler, encore et encore. Mais le déclic ne se faisait pas.

Ils avaient quand même un sujet de satisfaction. L'empoisonneur avait été attrapé.

Il s'agissait d'un vieux garçon qui détestait les animaux et comme il trouvait qu'il y en avait beaucoup trop, il s'était donné comme mission d'en éliminer le plus possible. La police l'avait prit sur le fait. En train de jeter des boulettes par-dessus les clôtures des maisons.

Son obsession méthodique l'avait perdu. Il appliquait son entreprise meurtrière, rue par rue, quartier par quartier. Il avait fallu très peu de temps à la police pour éventer son parcours et le coincer en flag.

Jacques avait été très fier de l'annoncer à son ami. Francis fut satisfait et en colère à la fois.

— Tu vois que c'était facile. Si tu avais fait ton boulot plus tôt, il n'y aurait pas eu autant d'animaux empoisonnés. En commençant par les miens. Et de gens et d'enfants malheureux d'avoir perdu leur compagnon.

Jacques était confus et présenta ses excuses.

— Au fait. J'ai des nouvelles de Munich.

— Quoi ? Et c'est maintenant que tu le dis ! Vas-y je t'écoute.

— Ne rêve pas. Y'a pas grand chose. D'abord, le Detlef en question n'a pas de casier. À la mort de sa cousine il finissait sa dernière année de médecine.

— Quel âge a-t-il ?

— Aujourd'hui ?

Francis s'énerva :

— Ben oui ! Pas hier.

— Il est né en 72. Ça lui fait…

— 35.

— C'est ça. Il a fait son internat et a très vite intégré une ONG. À partir de là on perd sa trace. Enfin, presque. On le retrouve en Afrique, puis il part en Amérique du Sud…

— Quoi ? L'Amérique du Sud ? Où ? Quand ?

En bon limier, Francis sentait une nouvelle piste et cela le faisait frémir.

— 95. Vénézuela.

— Bingo ! On y est ! Voilà le chaînon manquant ! Vas-y continue !

De façon à ne pas en louper une miette, Francis s'installa confortablement avec un verre de citronnade bien fraîche.

— Je suis tout ouïe.

— Je vois où tu veux en venir, mais il n'était pas à Caracas. Il est allé soigner les indiens dans la forêt amazonienne. C'est là qu'on le perd pendant plusieurs années. Ses parents recevaient de ses nouvelles par l'ONG. Sans plus.

— Quand refait-il surface ?

— En 2000. Il va voir ses parents pendant l'été. Puis il repart.

— Et ?

— Ben… il reprend sa vie de fantôme.

— Des traces de lui en France ?

— Non. Jamais.

— Hum… Ce mec voyage trop. Il est trop insaisissable… je suis sûr que c'est notre homme.

— Si je comprends bien tu changes complètement ton fusil d'épaule. On ne cherche plus une femme.

— Mais je ne me suis jamais focalisé sur une femme. Ce n'est pas parce qu'il y a eu viol que le vengeur est obligatoirement une femme. N'oublies pas que nos deux victimes ne sont plus de ce monde. Tu as autre chose sur lui ?

— Une photo. Mais rien de probant. Il est tout jeune sur cette photo, il doit avoir drôlement changé depuis.

— Ça ne fait rien, l'important c'est que l'on puisse se faire une idée de son apparence. Tu me la fais parvenir.

— Et après ? Qu'est-cc qu'on fait. À moins d'un miracle, je ne vois pas comment on va mettre la main sur ce type et prouver sa culpabilité dans les cinq meurtres.

— On mettra le temps qu'il faudra, mais on y arrivera. Une chose est sûre, il a terminé son œuvre, nous ne risquons donc plus d'avoir de victime. C'est une bonne chose.

— Il doit être loin à l'heure qu'il est. Si j'étais lui, j'aurais mis les voiles depuis longtemps. À moins qu'il ait pris goût à la chose et qu'il nous concocte un nouveau crime.

— Cela arrangerait bien nos affaires. Mais ne parlons pas de malheur. Il faut que tu obtiennes de Médecins sans Frontières ou je ne sais quelle organisation avec qui il travaille, le détail des missions de notre ami. Tu leur demandes de commencer en 2000. Et puis ils doivent nous dire où il se trouve actuellement. C'est très important. Tu demandes un mandat s'ils ne veulent pas coopérer. Nous avons absolument besoin de ces renseignements.

— Ça va pas être du gâteau.

— Notre métier n'est pas du gâteau, mon ami. J'attends la photo. Tu m'appelles dès que tu as des nouvelles. Allez. Salut !

Vingt minutes plus tard, l'un des assistants de Jacques apportait la photo de Detlef Wisberg.

Le cliché représentait un jeune homme élégant, grand, en costume-cravate, cheveux courts bruns, yeux noisettes, traits fins. Le document passa de main en main. Chacun y alla de son commentaire. Sidonie la garda un peu plus longtemps que les autres. Thibault lui dit en riant :

— Hey ! T'endors pas dessus. Je n'ai pas encore vu la tête de notre meurtrier.

Sidonie lui passa le portrait en silence.

— Pas de commentaires ?

Ironisa Thibault. Elle ne fut pas plus loquace. Francis s'inquiéta :

— Ça ne va pas ma chérie ?

— Si. Si. Mais ce visage me dit quelque chose. J'ai déjà vu ce type quelque part.

Maïté l'interrogea :

— Tu es allée en Allemagne dans les années 80 ?

— Non.

Pascal enchaîna :

— Ou alors tu as rencontré des touristes allemands pendant tes vacances ?

Sidonie eut un geste de la main :

— Arrêtez de me parler. J'essaie de me concentrer.

— Oh ! Pardon.

Ils la laissèrent donc à ses pensées.

*

* *

Blottie dans les bras de son mari qui ronflait allègrement, Sidonie n'arrivait pas à dormir. Le visage de Detlef la hantait. Elle était sûre d'avoir déjà vu ce garçon. Elle finit pas s'endormir.

Soudain ! Elle se retrouva assise sur son lit, elle secouait Francis sans ménagement :

— Francis ! Francis ! Je sais qui est Detlef !

— Hein ! Quoi ? C'est le bébé ? Il arrive ?

Elle éclata de rire :

— Mais non chéri. Je te parle de Detlef. Je sais qui c'est !

Cette fois Francis était complètement réveillé :

— Qu'est-ce que tu dis ? Tu sais qui est le meurtrier ?

— Non. Je sais qui est Detlef. Je ne sais pas si c'est lui le meurtrier. Nuance…

— Arrête de me faire languir. Qui est-ce ?

Il lui tenait les épaules, suppliant presque, elle répondit simplement :

— Antoine.

— Quoi Antoine ? Ce n'est pas le moment de parler de ton protégé… dis-moi qui tu as reconnu.

— Mais je viens de te le dire : C'est Antoine !

Francis d'abord stupéfait, devint incrédule, comme s'il n'avait pas bien compris :

— Tu parles bien de notre Antoine. Notre beau ténébreux ? Le sauveur de nos animaux ?

— Non. Le sauveur de nos animaux c'est Camille. Lui il n'a fait que le service après vente.

Il se mit à genoux sur le lit.

— Ne joue pas avec mes nerfs. Et dis-moi si c'est bien de lui que tu parles ?

— Oui.

Il se rassit, estomaqué.

— Écoute ma chérie. Tu sais à quel point je t'aime. Mais je ne peux te suivre dans ce délire. Comment ce mec pourrait-il être Detlef?

— Ça, je n'en sais rien mon amour. C'est ton boulot de le trouver. Mais je te dis que c'est Antoine. Je suis photographe, tu sais que les photographes sont de grands physionomistes.

Francis se leva d'un bond. Sortit de la chambre comme un « V1 ». Deux minutes plus tard, il revenait essoufflé. La photo à la main. Il grimpa sur le lit, chaussa ses lunettes, scruta le visage de Detlef. Sidonie l'observait en souriant. Elle attendait que la lumière s'allume dans l'esprit de son mari. Sûre de son fait.

Cela prit encore un peu de temps. Puis Francis s'exclama :

— Dieu me chatouille ! Mais tu as raison. Les traits sont moins prononcés. Le pli de la bouche moins amer. Les yeux plus lumineux. Mais c'est lui. C'est bien lui. OH ! Ma chérie ! Tu es géniale !

— Qu'est-ce qu'on fait maintenant ?

Francis regarda sa montre :

— Il est trois heures du matin, je ne peux pas réveiller Jacques… il est trop tôt… ce serait indécent ?

Il regarda sa femme cherchant son approbation. Ce qu'il n'eut pas. Il se leva. Impatient.

— Pourtant ce n'est pas l'envie qui m'en manque.

Il tournait autour du lit. Sidonie tenta de l'apaiser :

— De toutes les façons que pourrait-il faire à cette heure ? Nous savons qu'Antoine est Detlef. Rien d'autre. Et puis ce n'est pas l'heure légale, Jacques devra attendre demain matin.

— Tu as raison. Tout ça est beaucoup trop flou. Il faut que je réfléchisse.

Sidonie sourit :

— Tu devrais faire fonctionner tes petites cellules grises, mon chéri. C'est le moment ou jamais.

— Tu as encore raison. Rendors-toi ma douce. Je vais aller dans le jardin.

Il était 7h pétantes quand il se saisit du téléphone pour appeler Jacques. Il n'y tenait plus. Tout le reste de la nuit, il avait tourné et tourné le problème dans sa tête. Sans grand résultat. Il y avait trop de questions et pas assez de réponses.

— Jacques ? Salut. Je ne te réveille pas j'espère ?

Le faux jeton… Une voix encore ensommeillée répondit :

— Hein ? Non… ça va… Il fallait que je me lève de toutes les façons. Qu'est-ce que je peux faire pour toi ?

— On sait qui est Detlef.

Francis ne mentionna pas que c'était grâce à Sidonie.

— Qu'est-ce que tu dis ?

Il était tellement impatient de lui faire part de sa découverte, qu'il ne ménagea même pas le suspens et lâcha l'info d'un coup.

— On sait qui est Detlef. C'est Antoine.

— Antoine ? Qui c'est celui-là ?

— Le véto ! Le p'ti jeune qui travaille avec Camille.

Jacques n'arrivait pas assimiler l'information, tellement elle lui semblait incroyable.

— Mais de quoi parles-tu ? Tu divagues ma parole…

— Non. Non. Je t'assure. Écoute. Il y a du boulot. As-tu des nouvelles de l'ONG ?

— N… non.

— Qu'esse tu fous!!! Il faut les bouger. Nous avons absolument besoin des renseignements que je t'ai demandés. Si nous voulons coincer le lascar, nous devons avoir des arguments solides. Tu vas tout d'abord et dans l'instant, le mettre sous une surveillance rapprochée. Il ne doit pas nous filer entre les doigts. Il faut qu'on sache par quel tour de passe-passe, de médecin, il est devenu véto. Comment de Detlef Wisberg, il est passé à Antoine Desfarges. Il faut…

— Hey! Ho! Stop. Je n'ai rien pour noter là…

— Ok. Excuse-moi. Je serais dans une heure dans ton bureau.

— Ok. On fait comme ça.

Avant de quitter la maison, Francis alla secouer Thibault. Celui-ci bougonna:

— Écoute mon pote. Tu ne voudrais pas aller torturer quelqu'un d'autre que moi? Cherche un autre exutoire…

— J'voudrrrais bin, mais j'peux point. J'ai besoin de toi. Pour des raisons que Sidonie t'expliqueras, il faut que tu fasses parler ta p'tite amie au sujet de son associé. Je veux tout savoir. Où ils se sont rencontrés. Depuis quand se connaissent-ils ? D'où il vient… Enfin tout. C'est très important.

Comme Jacques. Thibault ne comprenait rien. Il se retourna dans son lit en grommelant. Francis insista :

— Tu as compris ce que je viens de te dire ?

Une main désinvolte chassa la question :

— Tu le feras ?

— Humpfff…

— Je peux compter sur toi ?

Même geste. Même réponse.

Francis s'en alla déçu.

— Décidément. Je ne peux compter que sur moi-même dans cette maison.

Il continua de râler jusqu'au commissariat. Se plaignant de ne pas être compris. Soutenu.

L'entretien avec Jacques dura toute la matinée. La mise sur pied du plan de bataille valait bien ça. Quand il quitta son ami, Francis était plein d'espoir. L'espoir que tout était en œuvre pour arrêter l'émasculeur. Car il en était sûr. Antoine était bien le coupeur de cojones.

CHAPITRE X

Les vacances de la bande touchaient à leur fin. Les pièces du puzzle « Antoine » se mettaient en place un peu plus chaque jour. L'ONG avait très vite répondu que Wisberg les avait quittés dès son arrivée au Vénézuela. Et depuis, ils ne savaient pas ce qu'il était devenu.

Thibault avait appris de Camille, qu'elle avait rencontré Antoine en 97. Lui, venait de terminer ses études de vétérinaire à Maison-Alfort. Tous les deux faisaient un stage dans une grande clinique parisienne.

Ils avaient sympathisé, rêvant d'ouvrir leur propre cabinet ensemble. Ce qu'ils réussirent à faire en 2004. Pour ce qu'elle en savait, Antoine était orphelin. Quant au chagrin qui le rongeait, elle n'en avait jamais connu la nature. N'osant même pas lui en parler. La seule chose dont elle était sûre, c'est qu'il était un être loyal, sur lequel elle avait toujours pu compter. Et qu'elle s'en voulait de n'avoir jamais su le soulager de sa peine.

Les renseignements pris auprès de l'établissement où Antoine disait avoir fait ses études, révélèrent qu'il n'avait personne de ce nom sur leurs listes.

— On ne peut pourtant pas nier ses talents de véto. Antoine est un excellent praticien. Ce n'est pas Tchang ou le Golum qui te diront le contraire.

Sidonie défendait son poulain.

— Exact ma chérie. Ce qui veut dire que ce garçon a fait des études de véto, mais qu'il a menti sur l'endroit où il les a faits.

— Et là on se demande pourquoi il a fait ce gros mensonge.

Dit Pascal ironique.

— Moi je sais.

Dit Jean.

— Alors explique. Puisque tu es si malin.

— Il a passé ses examens à l'étranger, ses diplômes n'étaient donc pas valables en France. Il les a falsifiés pour exercer chez nous…

Ils échangèrent des regards. Maïté dit tout haut ce que tout le monde pensait :

— Vous ne trouvez pas que tout ça est un peu alambiqué ? Un type qui abandonne sa carrière de médecin, pour suivre des études de véto. Qui change de nom, de pays… tout ça pour assouvir une vengeance. Il en faut de la haine pour faire tout ça.

Francis acquiesça :

— Oui. Une haine féroce. Justifiée par les souffrances de sa cousine. Il l'a vu détruire sa vie, sa santé, jusqu'à en mourir. Il a vu son oncle et sa tante mourir de chagrin.

— Il y a quand même un hic.

Objecta Thibault.

— C'est que Jessica n'a officiellement rien dit de son agression, à personne.

— Elle a dû en parler à son cousin. Ou à sa cousine. Elle était fille unique. D'après ce que la police allemande nous a dit. Les Wisberg et les Herman étaient une famille très unie. Elle devait considérer ses cousins comme des frères. Detlef a perdu les pédales à la mort de Jessica.

— D'accord, elle leur en a parlé. Il a pété les plombs. Comment a-t-il retrouvé les coupables ?

— Jessica lui a donné les noms. Jean-Charles s'est trompé. Il a cru qu'elle n'avait rien dit parce qu'elle ne les connaissait pas. Comme pour Sandrine. De fins psychologues en somme.

Il y avait du mépris dans la voix de Sidonie. Francis se leva énervé.

— C'est bien beau tout ça. Mais cela ne nous donne aucune preuve contre lui. On n'a rien pour l'arrêter.

— Ben si !

Dit Jean, comme si c'était une évidence.

— Je t'écoute.

— Coince-le pour exercice illégal du métier de vétérinaire sans diplômes français. Faux et usage de faux… quand il sera devant toi, dans la salle d'interrogatoire, tu n'en feras qu'une bouchée. Empreintes digitales, ADN, perquise, etc… Je te fais confiance tu l'auras.

Francis reprenait du poil de la bête.

— Tu es génial ! Nous allons conquérir le sommet par la face Nord. Là, où il ne nous attend pas.

Il disparut dans la maison. Resta un long moment à donner ses ordres à Jacques.

Ce soir-là au cours du repas, Sidonie écoutait ses amis parler du meurtrier et de la façon dont Francis devait s'y prendre pour le faire avouer. Elle ne disait pas un mot. Parce qu'elle était triste. Son mari s'adressa à elle plusieurs fois, pour lui demander son avis. Mais elle ne répondit pas. Il finit par se rendre compte de son mutisme et s'en inquiéta :

— Tu ne te sens pas bien ma douce ? Ça fait un moment que je ne t'ai pas entendue.

— Si. Si. Ça va…

Il lui mit l'index sous le menton. La regardant droit dans les yeux :

— Ne me mens pas. Tu es triste et je veux savoir pourquoi.

Les conversations cessèrent autour de la table. Sidonie triste ? Ce n'était pas possible. Ils la fixaient tous attendant une réponse de sa part. Elle balbutia :

— J'ai… j'ai de la peine. Vous allez pendre mon protégé.

Il y eut du remous autour de la table. Elle devança les objections :

— Attendez. Je sais. Il a tué cinq personnes. Mais il avait de bonnes raisons m… ! Sa pauvre cousine a servi de jouet sexuel pendant toute une nuit, à ces… ces… Oh je n'ai pas de mot pour les qualifier. Je peux vous jurer que si elle avait été ma fille, j'en aurais fait autant. Je les aurais suspendus par les c… et j'aurais attendu qu'ils sèchent ! Ce gosse n'a fait que ce que tout être normalement constitué aurait fait. Et ne me parlez pas de justice ou de loi ! Sandrine et Jessica n'ont rien eu de tout ça. Et leurs vies ont été brisées comme celles de leur famille.

Un silence gêné régnait autour de la table. Francis fut le seul à oser dire :

— Elles n'ont pas porté plainte ma chérie. La justice ne peut agir quand elle ignore le délit.

Sa femme se tourna vers lui vivement :

— Parce que tu crois que la parole de ces pauvres gosses aurait eu un poids quelconque, contre celles des cinq brutes.

— Leur deux voix auraient été entendues. Et puis quoi ! On n'est pas au Far-West ! Et même si on y était, ce serait moi le sheriff. Je ne peux cautionner les actes d'un vengeur. Je suis un représentant de la loi.

— D'accord. Je te suis. Que se serait-il passé au procès ? Les avocats de la défense auraient sali les deux gamines, en parlant de provocations et de beuveries. Elles n'avaient aucune chance, elles le savaient. Surtout à l'époque où cela s'est passé. On considérait les femmes violées comme des put… Les garçons s'en seraient sorti sans problèmes et les filles auraient été traînées dans la boue.

Francis mit une main apaisante sur celle de sa femme :

— Tu brosses le tableau en noir ma chérie.

— Si peu. Et tu le sais très bien. Même aujourd'hui je ne suis pas sûre qu'elles gagneraient.

— Mais on ne peut laisser un criminel en liberté.

— Ce n'est pas un criminel. C'est un justicier. Un héros.

Maïté essaya d'apaiser son amie.

— Tu dis ça parce que tu es enceinte et que tes…

— Que quoi ?? Que mes hormones parlent pour moi ?? C'est ça que tu veux dire ?!!

Maïte balbutia une réponse que Sidonie ne lui donna pas le temps d'exprimer, elle se leva énervée :

— Tu es vraiment la dernière personne de qui j'attendais ce genre de réflexion. Il y a tellement de mépris dans cette remarque. Je pensais que seul un homme pouvait la faire. Mais, là, venant de toi, c'est blessant. Humiliant. Et non ! Je n'ai pas perdu le sens des choses à cause de mes hormones…

Ils étaient tous étonnés de la soudaine virulence de la jeune femme. Maïté ne savait plus où se mettre :

— Je te demande pardon ma chérie, ce n'est pas du tout ce que je voulais dire, je…

— Si ce n'est pas ce que tu voulais dire, pourquoi l'as-tu fait ? Il n'est pas dans tes habitudes de parler pour ne rien dire.

Elle tourna les talons.

— Je suis fatiguée. Je vais me coucher.

Elle disparut dans la maison, les laissant pantois. Francis la suivit en l'appelant. Ils entendirent tous la porte de la chambre claquer avec force au premier étage. Quelques secondes plus tard Francis réapparaissait, tout penaud.

Pour la première fois il semblait perdu. Sans ressource. Le reste de la bande était lui aussi en plein désarroi. C'était également le premier « clash » qui se produisait au sein de la bande. Maïté, totalement désolée, les larmes aux yeux, se justifia :

— Je vous assure que ce n'est pas du tout ce que j'avais l'intention de dire…

Pascal lui coupa la parole :

— Inutile de te mettre la rate au court-bouillon ma grande. On sait tous que tu ne voulais pas la blesser.

Il se leva à son tour :

— Je sais exactement ce qu'elle ressent. Je vais aller lui parler. Moi elle m'écoutera.

Il gratta doucement à la porte de la chambre.

— Sido ma chérie, c'est moi. Ouvre-moi, s'il te plaît.

Pas de réaction. Il colla son oreille au battant. La jeune femme pleurait. Il réitéra :

— Sido. Je t'en prie. Ouvre-moi. Tu sais que je sais ce que tu ressens…

Il entendit tourner la clé dans la serrure. La porte s'ouvrit sur une Sidonie ravagée par le chagrin. Ils se tombèrent dans les bras. Il la poussa doucement dans la chambre, essayant de la calmer. La main posée sur le ventre rebondi de la jeune femme, il parla avec tendresse, en la berçant :

— Ma petite fille tu vas faire du mal à la ptichoune. Si elle te sent triste, elle le sera elle aussi. Maïté ne voulait pas te faire de peine…

Sidonie faisait « oui » de la tête.

— Tu sais que je suis de ton côté. Si j'avais tenu le coupable du meurtre de ma fille entre mes mains, moi aussi je l'aurais tué. En me fichant pas mal de ce qui aurait pu m'arriver. Le suicide était une connerie… j'aurais dû attendre, le trouver et le descendre. Aurélie serait encore en vie. Pas vraiment consolée, mais peut-être un peu plus sereine.

Des sanglots dans la voix, Sidonie expliqua :

— J'ai peur Pascal. Peur pour ma petite. Tu te rends compte si elle tombe sur des types comme cette bande ? ? Je ne le supporterais pas…

Il continua de la bercer.

— Il ne faut pas penser comme ça ma toute belle. Sinon, plus personne ne ferait d'enfant. Francis et toi vous saurez la protéger…

— Vous aussi vous avez su le faire avec votre fille et regarde ce qu'il lui est arrivé…

— Le destin est toujours le plus fort. On ne peut arrêter de vivre par peur de la vie.

— Mais si Antoine n'avait pas agi, ces salauds auraient continué leur petite vie de salauds ! Sans aucun remord pour les ravages qu'ils ont commis, sans même y penser, j'en suis sûre. Et maintenant il doit payer ? Sa cousine est morte dans des conditions atroces, ses parents sont morts de chagrin. Sans compter les Destrailly…

— Je sais… je sais tout ça.

En poussant un soupir, elle se mit face à la fenêtre, fixant l'océan sans le voir.

— Il ne mérite pas l'enfermement.

— Peut-être qu'avec un très bon avocat?

Pleine d'espoir, elle se tourna vers lui.

— Tu crois que Thibault??...

— Je suis sûr qu'à nous deux nous arriverions à le persuader de prendre sa défense. Et puis ne te mets pas martèle en tête. Francis n'a aucune preuve contre lui. Il n'est pas prêt de l'arrêter...

Elle faisait « non » de la tête, avec un pauvre sourire, elle dit:

— Comme si tu ne connaissais pas Francis le Bouledogue.

— Pardon. C'est vrai. J'oubliais. Notre Francis est un obstiné. Le pauvre Antoine n'a pas beaucoup de chance contre lui.

Sidonie dit dans un souffle:

— Non.

Ils parlèrent encore un long moment, puis Pascal la laissa se reposer.

En sortant de la pièce, il trouva Francis assis parterre, appuyé contre le mur, rongeant son frein. Inquiet. Pascal prit place à ses côtés.

— Comment va-t-elle?

— Elle a peur.

— Pour Dominique?

— Dominique?

— Oui, c'est comme ça que l'on veut appeler notre petite. Tu comprends, ainsi elle aura des initiales doubles. Comme BB. Il paraît que cela porte bonheur.

— C'est un très joli prénom.

— Moi aussi j'ai peur tu sais. Je comprends ce qu'elle ressent pour Antoine. Je ne suis pas loin de penser la même chose. Mais je suis flic bon sang! Je n'ai pas le droit de le laisser s'échapper.

— Je sais mon grand. Je sais. Alors va le lui expliquer. Mais pour l'instant elle dort. Attends demain matin.

Francis eut du mal à se lever, ankylosé par la position qu'il tenait depuis un bon bout de temps.

— Merci mon pote. Je vais aller me coucher.

Il tendait la main à son ami pour l'aider. Pascal demanda:

— Comment va Maïté?

— Jean s'en occupe. Mathieu est au lit. Thibault est tu sais où.

— Avec Camille.

— Tout juste Auguste!

Répondit Francis en lui donnant une tape dans le dos.

CHAPITRE XI

L'ambiance du petit déjeuner avait du mal à se réchauffer. Un peu plus tôt Maïté avait frappé à la porte de son amie. Francis les avait laissées seules afin qu'elles puissent parler en toute liberté.

— Sido ma chérie, je te demande pardon pour hier soir. Mais tu ne m'as pas laissée dire le fond de ma pensée. Tu as mal interprété ce que j'ai dit.

— Alors vas-y mets les sous-titres.

Elle n'avait jamais été aussi froide. Timidement Maïté tenta de s'expliquer.

— Je voulais simplement te dire que je comprenais tes sentiments. Le fait d'attendre une petite fille qui pourrait elle aussi subir le même sort que Jessica et Sandrine, te fait peur. Tout cela ne peut que profondément te sensibiliser à la situation d'Antoine. Tu t'identifies à lui. Tu le comprends, parce que tu ferais la même chose si cela arrivait. Pour tout t'avouer, je ressens la même chose. J'ai de la compassion pour ce pauvre garçon.

Elle prit la main de son amie dans la sienne. Pourtant, Sidonie n'était pas encore totalement convaincue :

— Mais ?

Maïté ne répondit pas tout de suite.

— Il faut l'arrêter. Mettre fin à cette horreur. Que la justice soit rendue.

Sidonie sortit du lit et se dirigea vers la salle de bains.

— À qui ? Qui va obtenir justice Maïté ? Qui ? Sandrine ? Jessica ? Leurs parents ?

— Si il y a un procès, leur histoire et leur calvaire sera connut de tous.

— Et on salira leur mémoire !

Maïté la rejoignit, la prenant par les épaules.

— Pas à notre époque. Les choses ont changées, les victimes de viol sont reconnues en tant que telles. Elles ne sont plus maltraitées par l'opinion.

— En attendant ce pauvre Antoine fera des années de prisons. Il sera le dernier domino à tomber. Tout ça à cause d'un acte immonde commis par des immondes un soir de 14 juillet!

— Pas avec un bon avocat. Et tu sais qui est un très bon avocat?

Sidonie eut un pauvre sourire.

— C'est exactement ce que Pascal m'a dit hier soir. Thibault n'aura peut-être pas du tout envie de le défendre.

— C'est de notre Thibault dont on parle là. Crois-tu sincèrement qu'il laisserait passer une affaire comme celle-ci? Une affaire dramatique. Qui aura toute l'attention des médias. Avec un accusé digne d'un héros de cinéma. Thibault sortira toutes ses armes, tout son talent et fera pleurer dans les chaumières. Ton protégé ne risque pas grand chose avec lui. Tu verras. Au pire il fera quelques années en hôpital psychiatrique.

Elle la serra dans ses bras.

— Dis-moi que tu n'es plus fâchée contre moi. Je ne supporte pas cette situation, je t'aime trop ma chérie. Mathieu, toi et le petit bout qui est là, vous êtes toute ma vie. Grâce à vous j'ai une famille.

Sidonie se serra contre elle.

— Moi aussi je t'aime. Tu es ma petite maman. Et je ne suis pas fâchée contre toi. Je te demande pardon pour ma réaction d'hier soir et au fond tu avais raison. Cela doit être les hormones… Viens. J'ai besoin d'un bon café. Et j'ai faim.

Elles retrouvèrent les hommes sur la terrasse. Le petit-déjeuner les attendait. Elles prirent place en déposant un baiser sur le front de chacun de d'eux.

Ils sirotaient leur café en silence. Plongés dans leurs pensées. Mathieu débarqua son chat en bandoulière, le Golum aux talons. Il fit la tournée des bisous, sans détendre l'atmosphère.

La sonnerie du téléphone sauva la situation.

— J'y vais !

Dirent-ils tous en chœur. Se levant en même temps pour aller décrocher. Pascal s'exclama en se rasseyant :

— Je me demande pourquoi je me déplace. Tous ceux qui pourraient vouloir me donner de leurs nouvelles, sont là. Les autres sont morts. C'est sûrement Jacques qui veut parler à Francis.

Pascal avait raison. C'était Jacques :

— Salut Francis. Le service des fraudes est passé ce matin au cabinet de Desfarges. Il n'était pas là. Nous sommes passés chez lui. L'oiseau semble s'être envolé.

— MERDE!!!

Le reste de la bande sursauta.

— Comment est-ce possible??!! Vous êtes entrés dans la maison?

— J'attends d'un instant à l'autre la commission signée par la juge. Tu viens visiter sa maison avec nous?

— Un peu que je viens!!

Il coupa la conversation d'un geste rageur. Les autres le regardaient, l'air interrogateur. Francis frappa la table de toutes ses forces en fixant sa femme.

— Il est parti!! Antoine a mis les voiles!!

Sidonie jubilait:

— C'est vrai?? Génial!!!

Francis leva les bras au ciel de désespoir. Tout d'un coup il pointa un index accusateur sur ses amis. Il fulminait:

— Ne me dites pas que c'est l'un de vous qui l'a prévenu!!

Ils échangèrent des regards pleins d'innocence. Les mains levées devant eux en signe d'apaisement, ils firent tous « non » de la tête.

Francis n'en démordait pas, il s'adressa à Thibault:

— Qu'est-ce que tu as fait??? Tu as parlé à Camille c'est ça??

— Non ! Non ! Tu te trompes ! Je n'ai rien dit !

L'accusé s'insurgea :

— Tu n'as pas le droit de dire ça !

Francis se dirigea vers la maison en soupirant.

— Je vais accompagner Jacques pour la perquise de la maison d'Antoine. Mais on n'a pas fini de discuter. Croyez-moi je saurai qui a vendu la mèche.

Un quart d'heure plus tard la bande entendit la voiture démarrer sur les chapeaux de roue. Pascal exprima ce que les autres pensaient :

— Il est très fâché.

Jean répondit ironique :

— Tu parles. C'est la première fois qu'une proie échappe au bouledogue. Surtout qu'il était sur le point de planter ses crocs dans ses fesses. Mes amis, nous allons traverser une zone de turbulences. L'ouragan Francis va traverser notre territoire.

— Tu crois qu'il y aura des dégâts ??

Maïté était inquiète.

— Sauf si nous nous préservons.

— Et comment fait-on ça ?

Demanda Pascal. Sidonie prit la parole.

— On fait bloc, on nie et on courbe le dos. À moins que…

Elle ne put s'empêcher de poser la question.

— Est-ce que... l'un d'entre-nous a quelque chose à voir avec la disparition d'Antoine ?

De nouveau, échange de regards, têtes qui dodelinent. Sidonie conclut :

— Parfait ! On fait comme on a dit et tout se passera bien. Bon ! Je ne sais pas ce que vous en pensez, mais je trouve que cette histoire nous a suffisamment pourri nos vacances. Je propose que nous dégustions les derniers jours qui nous restent. Qui vote pour ?

Tous. Ils votaient tous « oui ».

*

* *

Delani et Perrier étaient devant la maison d'Antoine. Ils attendaient que le serrurier ait fait son office. Quand la porte fut ouverte, les deux hommes pénétrèrent dans le grand séjour, meublé comme dans un catalogue d'un pays du nord de l'Europe. Francis donna ses ordres.

— Inutile de casser ou de renverser meubles et objets. Je veux de la méthode. On cherche des documents prouvant l'identité de Wisberg. Sa relation avec ces crimes. Des photos...

enfin n'importe quoi qui pourrait nous servir à coincer notre homme. Je n'ai pas à vous apprendre votre métier… Allez ! Au boulot.

Ils se mirent au travail en silence. Chacun avait pris une pièce. Une heure plus tard ils se retrouvaient tous dans le salon, bredouilles. Découragés. Quand…

— Patron ? Hey ? Patron ?

Cela venait du couloir qui desservait les chambres, les commodités et le garage.

Delani et Perrier se précipitèrent. L'un des policiers était au milieu du couloir, il pointait du doigt le plafond.

— Vous croyez que cela peut mener quelque part ?

Il montrait une sorte de trappe assez large pour le passage d'un homme, qui de toute évidence menait aux combles.

Delani réagit immédiatement :

— Trouvez-moi une échelle !! Vite !

Quelques minutes plus tard un policier revenait porteur d'une échelle en métal, qu'il s'était procurée chez un voisin. Delani s'en saisit, impatient. Son flair lui disait qu'il touchait au but.

Il grimpa. Essaya de pousser la trappe. Elle s'ouvrit sans aucun effort. Une fois debout dans le grenier, il dut baisser la tête pour ne pas se cogner.

Ce qu'il vit le surpris tellement qu'il heurta quand même la poutre maîtresse. Tout en se frottant le crâne pour effacer la douleur, il était bouche ouverte. Le même scénario se reproduisit avec Perrier qui l'avait suivi de près.

Maintenant, ils étaient tous les deux dans la même position. En train de se frotter le crâne, bouche ouverte et yeux fixés sur une bibliothèque face à eux.

Elle était vide, à part deux étagères.

Sur la première, il y avait cinq bocaux. De ceux utilisés dans les labos pour conserver des embryons ou autres organes dans le formol. Une installation électrique savamment installée les éclairait par derrière, mettant en évidence leur contenu.

Il s'agissait des attributs virils des cinq violeurs. Flottant et pendouillant lamentablement. Chaque bocal était soigneusement étiqueté avec le nom du propriétaire et la date de son « opération ». Tout ceci d'une écriture calligraphiée. Celui qui les avait faits y avait mis tout son talent. Allant jusqu'à les illustrer.

Sur l'étagère en dessous. Un livre. Ou plutôt, un album.

Les deux policiers s'approchèrent doucement, comme s'ils avaient peur que tout s'envole s'ils agissaient avec précipitation.

Sur l'album, une autre étiquette. De la même écriture. Faite avec le même soin. Il était écrit :

« À Jessica et Sandrine »

Ni l'un, ni l'autre n'osa avancer la main.

À son habitude, Delani prit les devant.

Sans prendre le volume, il ouvrit la couverture.

Sur la page de garde, deux photos. Une de Jessica et une de Sandrine. Toutes les deux éclatantes de vie. Lumineuses. Ravissantes. Dessous, leur date de naissance.

Sur la page suivante, « la » photo de la bande à Bonot. Celle du réveillon. Fléchée avec le nom des protagonistes.

Les pages suivantes étaient noircies de la même écriture. L'auteur les avait remplies comme s'il effectuait une œuvre d'art. Un sacerdoce. Un chemin de croix. Dont chaque chapitre était une station.

Delani commença à lire. Perrier en faisait autant pardessus son épaule.

Ni la faim, ni la soif, ni leur portable, ne les empêchèrent de continuer leur lecture.

Quand ils arrivèrent à la dernière page, trois heures avaient passées.

Une photo de Sandrine et de sa famille avec la date de leurs disparitions.

Une autre photo, de Jessica. Amaigrie. Rongée par la drogue. Détruite. En un mot : l'ombre d'elle-même. Avec la date de son décès.

Les deux portraits clôturaient le récit.

Les deux hommes qui avaient fini par s'asseoir sur le plancher du grenier, appuyés contre le mur, épaule contre épaule, restèrent silencieux. Trop bouleversés pour émettre la moindre opinion.

— Que fait-on maintenant ?

Demanda Perrier en se levant. Delani en faisait autant.

— Je dois réfléchir.

— Je lance un mandat d'arrêt ?

— Je t'ai dit qu'il fallait que je réfléchisse.

— Mais patron !

Il n'appelait Francis : « patron », que lorsqu'il était désemparé.

— Ce type a mis les voiles, si on perd trop de temps on ne remettra jamais la main sur lui.

Francis ne répondit pas. Sans lâcher l'album, il descendit l'échelle et prit la direction de sa voiture, Jacques sur ses talons.

— Francis ! Francis ! Tu ne m'as pas répondu. Qu'est-ce qu'on fait ?

Le moteur de la voiture ronflait. Francis regarda son ami et s'en sortit par une pirouette.

— Tu m'avais demandé de résoudre cette affaire. C'est fait. Maintenant c'est à toi de décider la suite à lui donner.

Jacques resta comme deux ronds de flan. Le bouledogue qui lâchait prise ? ? De mémoire de flic, cela ne s'était jamais vu.

— Patron ?… Francis ? Enfin quoi…

Francis était déjà loin.

La main posée sur l'album qui avait atterri sur le siège passager, il conduisait lentement. Sans s'en rendre compte, il avait pris la direction de l'océan. Il croisait les vacanciers qui revenaient de la plage, pare-chocs, contre pare-choc.

Il n'avait pas envie de rentrer, d'affronter ses amis et sa femme. Surtout sa femme. Il était donc allé jusqu'à la plage du « Petit Nice » assis dans le sable au sommet d'une dune et regardait sans les voir les estivants profiter de la plage.

La lecture de l'œuvre d'Antoine l'avait totalement chamboulé. Pour la première fois de sa carrière, il doutait. Il doutait du bien fondé de son action de flic. Pour lui, sans être fondamentalement manichéen, ceux qui tuaient étaient les méchants, et les méchants devaient finir en prison. Ça c'était sa mission. Celle qu'il s'était attribuée.

Jusqu'à ce jour il l'avait remplie sans faillir. Mais aujourd'hui ? Aujourd'hui il était face à un cas de conscience. Les souffrances engendrées par les agressions de Sandrine et Jessica étaient telles, qu'il ne savait plus où se situait son devoir.

Comme l'avait dit Sidonie, la veille au soir. Antoine était le dernier domino.

Devait-il le faire tomber ?

Il mit du temps à prendre sa décision. La nuit commençait à tomber. Il se décida enfin à allumer son portable. Il avait mille messages. Dont 900 de Sidonie. Il l'appela immédiatement pour la rassurer. Lui dire qu'il rentrait. Son deuxième appel fut pour Jacques.

— Jacques ? Vas-y fonce. Lance le mandat. Et préviens Interpol. On lui a laissé suffisamment de corde. On le ramène.

— Bien patron.

*
* *

En rentrant à la maison, il reçut deux boulets de canons. Mathieu qui se jeta dans ses bras et le Golum qui se jeta dans ses jambes. Sa femme et le reste de la bande étaient derrière. Sidonie se blottit contre lui.

— Tu m'as fait peur. Cela fait des heures que tu as disparu.

Il les serra fort contre lui.

— Je te demande pardon ma chérie. Mais il fallait que je réfléchisse.

— Tu as mis en marche tes petites cellules grises, c'est ça ?

— Tu as trouvé ma chérie. Et tu sais que pour ça j'ai besoin d'être seul.

Jean s'approcha :

— Tu vois. Je te l'avais dit.

Il donnait des tapes dans le dos de son ami. Cherchant ses yeux. Il voulait lire dans les yeux de Francis. Il savait qu'il ne pourrait lui mentir.

— Tu vas bien ? Tes cogitations t'ont fait avancer ?

Les autres étaient suspendus à ses lèvres. Francis les rassura :

— Tout va bien. Merci les amis. Je meurs de faim. Je n'ai pas mangé de toute la journée. Et pas bu non plus. Un vrai chameau.

— Et un whisky ! Un ! Ça marche patron.

S'exclama Pascal.

Francis posa Mathieu au sol. Jean renchérit :

— Moi je rallume le feu. Petites côtelettes d'agneau et salade ça te va ?

Francis sourit, ému par tant d'attention. Cela lui réchauffait le cœur de se savoir aimé ainsi. Sidonie ne le quittait pas des yeux. Elle connaissait son mari, dès qu'il l'avait prise dans ses bras, elle avait vu la lueur de tristesse dans son regard. Jean aussi l'avait vu. Le coup d'œil qu'il lui avait lancé en disait long.

Elle caressa son visage, cherchant la faille. Lui, refusait de croiser son regard. Elle n'insista pas. Comprenant qu'il ne voulait pas parler devant tout le monde. Qu'elle devrait attendre qu'ils soient seuls. Alors elle patienta. Épiant ses gestes et ses sourires.

Lui, parlait. Répondant aux questions dont ses amis le bombardaient.

— Jacques nous a dit que vous aviez trouvé un album ?

Thibault était impatient.

— Tu as le droit de nous en parler ?

Demanda Maïté inquiète. Jean la tranquillisa :

— Bien sûr qu'il peut nous en parler. Il faudrait beau voir qu'il ne nous dise rien. Il nous a emm… pendant toutes nos vacances avec cette histoire et maintenant, il ne nous en dirait pas le fin mot ? ?

Francis capitula en souriant :

— Je vous dirai tout, mais avant je veux boire un verre et manger tranquille en parlant d'autre chose.

Il caressait Tchang installé sur ses genoux. La douceur de sa fourrure et son ronron, le rassérénait. Les autres lui accordèrent ce qu'il demandait.

Mathieu était allé se coucher.

Les adultes confortablement installés attendaient que Francis se décide à parler.

Lui, n'y arrivait pas. Mais leurs regards insistants ne lui laissaient aucune chance d'échapper à la corvée. Après tout il leur devait bien ça. Ils l'avaient bien soutenu pendant toute cette histoire. Ils avaient le droit de connaître la fin. Alors il se lança.

— En arrivant dans les combles nous avons trouvé une bibliothèque.

Il prit une inspiration.

— Le spectacle était… horrible. Antoine… enfin Detlef… a mis les… vous savez ? Ce qui manquait sur les cadavres…

Prosaïque Jean l'aida :

— Leur paire de c…

— Voilà. Elles étaient dans un bocal. Chacune le sien. Étiqueté. D'une écriture calligraphiée. Éclairée par un spot. Je vous dis pas la vision de cauchemar.

— Des trophées.

Dit Jean pensif.

— Quoi ?

Il expliqua :

— Ce garçon avait un but. Venger Jessica et Sandrine. Pour cela, il a privé les bourreaux de leurs attributs, qu'il considérait comme l'arme de leurs crimes. Et les a exposés comme trophées.

Pascal le suivit :

— Il devait prendre son pied à les regarder. Piètre satisfaction.

Francis continua son récit :

— Sur l'étagère du dessous, il y avait ce… cet album.

Il tapota sur l'objet en question. Qu'il gardait jalousement sur ses genoux. Il n'avait permis à personne d'y toucher.

— Il y raconte toute l'histoire. Quand sa cousine est rentrée de vacances cette année-là, elle avait totalement changé. Elle devait commencer sa deuxième année de médecine. Elle était une excellente élève, pourtant elle s'est mise à sécher ses cours. Lui, faisait son internat au CHU de Munich. Débordé par ses études, il la voyait beaucoup moins qu'avant. À Noël toute la famille était réunie comme d'habitude. Detlef fut choqué comme les autres par l'état de la jeune fille. Elle était l'ombre d'elle-même. Les parents en étaient désespérés. Avec sa sœur, ils ont essayé de la faire parler. En vain. Elle était hermétique à toutes leurs marques d'affection.

Sidonie demanda inquiète :

— Les parents ne lui ont pas fait consulter une psy ?

— Il ne le mentionne pas. D'après ce que j'ai compris, à l'époque ses études le prenaient beaucoup. D'ailleurs, il s'en est voulu rétrospectivement. Pensant qu'il aurait pu aider sa cousine avant que cela ne devienne trop tard pour elle. Quand la petite a disparu, ce fut un véritable drame pour toute la famille. Pire encore quand elle a été retrouvée. Elle fut admise dans son hôpital. Les médecins ont tout tenté pour la sauver. Peine perdue. Elle ne voulait plus vivre. C'est là qu'il a réussi à lui tirer les vers du nez. Elle lui a parlé de son viol. En fait, ces petits crétins ne lui avaient pas donné assez de drogue. Ils se sont amusés avec elle toute la nuit. La violant encore et encore. Par moment elle perdait conscience, mais elle les entendait s'appeler par leur nom et leur prénom. Celui qu'elle garda en mémoire, comme incrusté, c'est celui de François Chalon. Elle avait compris que c'était le meneur. Detlef qui lui a tenu la main jusqu'au bout, lui, a fait le serment de la venger.

— C'est pour ça qu'il a tué Chalon en premier ?

— Oui. C'est comme ça qu'il a su comment trouver les autres. Chalon lui a livré les noms de ses complices dans l'espoir d'avoir la vie sauve. Il lui a également parlé de l'agression de Sandrine. Ce charmant garçon a même donné Max. Alors qu'il était innocent. Il paraît qu'il chialait comme un gosse.

Jean intervint :

— Il n'y avait aucune trace de torture sur les corps. On l'aurait vu à l'autopsie.

— Avec un bistouri à la main et la menace d'une ablation, crois-moi, on fait parler n'importe qui. Surtout quand tu as affaire à un lâche, ce que Chalon était sans aucun doute, vu ses exploits.

Maïté était horrifiée :

— Tu veux dire qu'ils étaient conscients quand il les a…

Elle mimait l'opération.

— Oui. Il voulait qu'ils souffrent comme sa cousine avait souffert.

Pascal remarqua :

— Donc Max a dû lui dire qu'il était innocent. Qu'il était déjà loin quand Jessica a été maltraitée.

— C'est vrai. Mais tu oublies Sandrine. Il n'a pas levé le petit doigt pour l'aider. Il était coupable comme les autres.

— Comment a-t-il fait pour les coincer ?

— Il avait un scénario bien rodé. Il entrait en contact avec eux de façon « fortuite », puis il devenait copain, les invitait à dîner. Repas au cours duquel il les droguait.

Jean demanda :

— Où a-t-il commis ses crimes ? Parce qu'il n'est pas facile de faire disparaître 4 litres de sang.

— Le cabinet. Il les attachait sur la table d'auscultation. Nettoyer ensuite était un jeu d'enfant.

— Mais oui bien sûr. Je suis stupide.

— C'est pour ça qu'il est devenu véto. S'il était resté médecin il n'aurait pu justifier une salle d'opération dans son cabinet avec un sol en carrelage et un siphon pour évacuer le sang. Il avait pensé à tout. Il voulait se venger certes. Mais pas se faire arrêter. Donc il a minutieusement préparé et exécuté son plan. Cela lui a pris des années. Mais il a tenu bon. Avec force, obstination, abnégation et courage. Il n'a jamais parlé à ses parents de ce qui était arrivé à sa cousine, donc il leur a menti à eux aussi. En travaillant d'abord pour des ONG. Il avait besoin de disparaître pour devenir véto. Quoi de mieux que l'Amazonie? Il a changé de nom et a étudié à Caracas. Et là mes amis, vous savez combien je trouve la vie et ses aléas extraordinaires, mais là, le destin a fait très fort. Très, très fort. Car voyez-vous au cours d'un stage dans la pampa, Detlef a dû vacciner tout un troupeau. Et devinez dans quelle hacienda il a dû le faire??

Thibault fut le premier à réagir :

— Chez Max ! Dans l'hacienda de Max !

— Bingo !

Il y eut un sacré remue-ménage :

— C'est pas vrai ?

— J'y crois pas ?

— Ce n'est pas possible.

Il n'y en eut qu'une pour réagir différemment, Sidonie :

— Si. C'est tout à fait possible. C'est la caution du destin.

Ils la regardèrent étonnés. Francis demanda :

— De quoi parles-tu ma chérie ? ?

— Ben si son action avait été aussi répréhensible, le destin ne l'aurait pas mis sur le chemin de Max.

À nouveau échange de regard. Francis nota :

— Sauf qu'à cette époque-là il ne savait pas à qui il avait affaire. Il ne l'a su qu'après avoir interrogé François. Il n'a fait le rapprochement qu'après.

Sidonie insista sur sa théorie :

— Voilà. Cela confirme ce que je viens de dire. Max était un domino qui devait tomber à cause de sa lâcheté. Elle ne pouvait restée impunie, où qu'il ait fui.

Ils n'eurent aucun argument à lui opposer. Alors Francis reprit la parole :

— Donc, lors de son intervention, il est resté plusieurs jours chez Max. Ils ont sympathisé. Vous pensez, deux français à l'étranger.

— Mais Detlef n'est pas français.

— Il s'était présenté comme tel : Antoine Desfarges, d'origine alsacienne, ce qui expliquait son léger accent germanique. Il avait vraiment pensé à tout.

— Et Max ?

— Comme Dupontel. Bref. Quand Chalon lui a livré ses complices, il a fait des recherches. Quand il a appris la disparition de Dubourg, quand il a vu la photo du réveillon que Delamont lui a donnée. Il n'a pas mis longtemps à faire deux et deux.

Jean demanda :

— C'est lui qui l'a fait revenir en France ?

— Oui. Il lui a fait croire qu'il avait besoin de lui pour régler un grave problème. Il avait gardé des contacts privilégiés avec Max. Correspondant régulièrement avec lui. Max qui au fond était un brave type a débarqué pour celui qu'il considérait comme son ami, jetant ses appréhensions au panier. Certainement rassuré parce que ses complices n'avaient pas été mis en prison. Ce faisant, il ne savait pas qu'il allait droit à la mort. Detlef n'a eu aucune hésitation. Il a appliqué son plan. La seule mansuétude qu'il a eu, c'est qu'il a « opéré » son ami alors qu'il était inconscient. Max ne s'est pas vu mourir. Et il n'a pas su pourquoi.

Ils restèrent tous silencieux, abattus par la cruelle détermination d'Antoine/Detlef.

— Il s'en est pris à Jean-Charles en dernier parce qu'il avait été aussi lâche envers Jessica, que Max avec Sandrine. À la fin de son récit, il avoue que l'exécution des « bourreaux », ne lui a pas apporté le soulagement qu'il espérait. Après le décès de sa cousine, son oncle et sa tante rongés par le chagrin n'ont pas résisté longtemps. Sa maman, sombra dans une profonde dépression. La souffrance est tombée sur cette famille comme une chape de plomb. La sœur ne supportant plus toute cette tristesse, a pris ses distances avec lui et ses parents. En allant vivre après son mariage, à Berlin. Elle est la seule à avoir à peu près tiré son épingle du jeu.

Il conclut en disant, après avoir ouvert l'album à la dernière page, afin de ne pas dénaturer la pensée de Detlef :

« *Jessica, Sandrine,*
Reposez en paix mes chéries.
Ceux qui vous on fait du mal ont payé.
Le temps est venu pour moi,
De vivre.
De me construire un avenir.

Adieu.

Vous êtes à jamais au fond de mon cœur. »

Le silence qui suivit ces derniers mots fut lourd. Le bruit du ressac de la marée montante emplissait l'atmosphère. Thibault fut le premier à parler.

— Il parle des Destrailly ?

— Oui. Il les a rencontrés en se faisant passer pour un client désirant construire une maison. Ils ont établi des relations commerciales privilégiées. Rien de plus.

Jean voulut en savoir plus.

— Ils ne se sont jamais doutés de qui ils avaient à faire ?

— Non. Par contre il les a fait parler. Ils nous ont menti. Ils connaissaient parfaitement le nom des agresseurs.

Sidonie eut une réaction violente :

— Et ils n'ont rien fait ! Ils connaissaient les noms de ceux qui ont violé leur fille et n'ont rien fait ?!!

— Ils l'ont su après le décès de leur fille. Elle avait laissé dans son coffre à la banque une lettre à leur attention. Jusque-là elle avait toujours nié les connaître. Ils ont eu cette information alors qu'ils venaient de perdre leur fille, leur gendre et leurs petits enfants. Ils ont baissé les bras. Detlef a repris le flambeau.

— Pourquoi a-t-il changé le calendrier de ses meurtres ? Il a pris peur à cause de toi ?

Demanda Jean. Francis sourit :

— Non. Vous me donnez trop d'importance. En fait, c'est à cause de Sidonie.

— À cause de moi ? Mais pourquoi ?

— Parce qu'il est tombé amoureux de toi. Ta beauté, ton intelligence, ta gentillesse, ton amour pour Tchang et le Golum, ton statut de future maman, l'ont désarçonné. Il a eu peur que tu ne réussisses à le percer à jour. Que tu lui enlèves le courage d'aller jusqu'au bout de son projet.

Sidonie n'en revenait pas.

— Il a vraiment écrit ça ?

— Mot pour mot.

Le cœur de Sidonie battit très fort. Elle aussi avait succombé au charme de ce jeune homme, elle n'avait eu ni frère ni sœur, mais lui, lui, elle l'aurait aimé comme son petit frère. Maïté demanda :

— Et maintenant qu'est-ce que tu vas faire ?

— On a lancé un mandat contre lui. Interpol est dans le coup également.

Sidonie demanda tristement :

— Alors tu vas l'arrêter ? Le mettre en prison ?

— Exactement.

Elle allait répliquer, il la stoppa :

— Je sais ce que tu vas dire. C'est un justicier, bla… bla… bla. Ce garçon a émasculé cinq types, alors qu'ils étaient vivants et conscients ! Il les a regardés se vider de leur sang ! Puis il les a jetés comme on jette des ordures…

— Qu'ils étaient !! C'étaient des ordures !!! Qui sans aucun remord ont brisé la vie de… (Sidonie comptait sur ses doigts) dix personnes au minimum. Est-ce qu'ils ont demandé pardon en mourant ??

Francis eut l'air gêné :

— Il..il n'en parle pas…

— HA ! C'est parce qu'ils ne l'ont pas fait ! Ils n'ont pas demandé pardon. Ils ont pleuré, supplié, dénoncé, mais ils n'ont pas demandé pardon. J'espère qu'ils brûlent en enfer !!

Elle quitta la terrasse sans dire un mot de plus.

Francis passa ses mains dans les cheveux. Il était désespéré :

— Je n'aurais jamais dû prendre cette p… d'affaire. Mais vous, vous me comprenez ? Vous savez que je ne peux faire autrement ?

Ils étaient tous gênés. Ce n'est pas Thibault l'avocat qui allait abonder. Pascal victime d'un assassin, non plus. Jean aurait bien voulu soutenir son ami, mais il savait que Maïté elle, prendrait le parti de Sidonie. Ne voulant perdre ni sa femme, ni son ami, il préféra se taire. Sa femme dans la situation opposée se tut également.

Le pauvre Francis se retrouvait donc seul.

— Bon. Je vais me coucher. La journée a été très dure. J'ai besoin de me reposer. Bonsoir les amis.

Les amis ne bougèrent pas après son départ. Ils étaient inquiets. Le ciment de leur groupe : le couple Delani, s'effritait dangereusement. Le cas « Antoine » fissurait leur forteresse. Ils allaient devoir tout faire pour les réconcilier. Ils prenaient conscience que sans eux. Sans Francis et Sidonie. Sans Delani et Fervel, leur groupe n'aurait plus de sens. Maïté en avait les larmes aux yeux :

— Que pouvons-nous faire ?

Jean vint à son secours. Il lui prit la main :

— Nous allons attendre et voir. Ils sont grands tous les deux. Ils s'aiment et je suis sûr qu'ils sauront trouver un moyen de s'entendre malgré leur divergence d'opinion.

Thibault demanda ironique :

— Es-tu sûr de penser ce que tu dis ?

Jean le foudroya du regard :

— C'est de Francis et de Sidonie dont nous parlons. J'ai une totale confiance en leur bons sens. Ils ont souffert tous les deux, ils ont beaucoup perdu chacun de leur côté. Ils se sont trouvés et je suis sûr qu'ils ne prendront pas le risque de se perdre.

Maïté essuya ses larmes :

— Tu as raison mon chéri. Et si cela n'arrive pas j'y mettrai le holà. Sidonie est comme ma fille, elle m'écoutera.

Pascal qui n'avait encore rien dit approuva :

— Voilà ! C'est exactement ce que nous ferons. Nous les convaincrons. Maintenant, ne vous en déplaise, je vais me coucher.

Thibault acquiesça :

— Pascal a raison. Attendons demain. Si la situation s'est aggravée nous aviserons.

Ils se séparèrent.

*

* *

Pendant ce temps-là, Francis avait rejoint Sidonie.

En entrant dans la chambre il la trouva allongée, elle était face à la fenêtre, fixant la nuit.

Il fit le tour, tira un fauteuil et s'assit près du lit. Penché vers elle, il murmura :

— Chérie ? Est-ce que tu vas rester longtemps fâchée contre moi ?

Il reçut son regard comme une gifle. Il plaida sa cause :

— Essaye de me comprendre. Je ne fais que mon devoir. Je ne peux laisser un criminel s'échapper. J'y ai beaucoup réfléchi. Moi aussi j'ai de la peine pour ce garçon. Pour sa famille. Pour Sandrine et Jessica. Cet après-midi sur la plage j'ai pesé le pour et le contre. Je ne peux renier totalement ce que je suis. Un flic. Je devais lancer ce mandat. Je risquais ma carrière, tu comprends ? Qu'est-ce que je deviendrais si je n'étais plus le bouledogue ? Que deviendrions-nous ?

Il n'arrivait toujours pas à capter son regard. Il s'enfonça dans le fauteuil :

— De toutes les façons nous avons perdu tellement de temps, que nous ne le retrouverons certainement pas.

Cette fois il avait capté son attention. Elle se redressa dans le lit.

— C'est vrai ? Tu penses vraiment qu'il passera entre les mailles du filet ?

Il lui sourit avec tendresse :

— Sincèrement ? Oui.

— Mais comment ? Tu as une idée ?

— Ce garçon nous a démontré à quel point il est méticuleux, patient, prudent. Il a programmé son action. Ne laissant rien au hasard. Donc il a dû préparer également son repli. Nouvelle identité…

— Tu penses qu'il a pris un avion à Mérignac ?

— Avec un bon déguisement, oui.

Sidonie se réjouit :

— Alors il doit être à des milliers de kilomètres.

— Après 24h de cavale, il doit être en Australie maintenant.

Elle se frotta les mains :

— Chouette !

Il se pencha à nouveau vers elle :

— Comme ça nous sommes contents tous les deux. Moi j'ai fait mon devoir. Toi, ton protégé est à l'abri. Alors ? Encore fâchée ?

Il n'avait pas encore gagné la partie.

— Est-ce que tu es resté sur la plage pour lui donner du temps ?

Il prit un air innocent.

— Noonn… pas du tout. J'avais vraiment besoin de réfléchir…

Elle lui couvrit le visage de petits baisers.

— Oh! Mon chéri. Je t'aime… je t'aime… je t'aime.

Francis la serra contre lui. Il retrouvait le goût de vivre. Pourtant, il la repoussa doucement et en la fixant droit dans les yeux :

— Ma chérie, s'il te plaît. Écoute-moi. Il faut que cela reste entre-nous. Personne. Tu entends. Personne ne doit savoir. Je suis allé au bout de cette enquête, j'ai trouvé le meurtrier. À Jacques de se démerder pour l'arrêter. Je m'en lave les mains.

Elle l'attira vers elle, le faisant basculer sur le lit.

— Croix de bois, croix de fer. Ce sera notre secret. Viens, fait moi l'amour.

Ils scellèrent leur pacte.

Le lendemain matin, ils descendirent très tard pour le petit déjeuner.

Les autres, assis autour de la table, les attendaient en rongeant leurs freins. Quand ils les virent arrivés, enlacés, ils surent que tout allait bien. Que la vie allait pouvoir continuer. Aucune allusion ne fut faite au sujet de la conversation de la veille. Ils préférèrent parler du programme de la journée. Après tout, les vacances touchaient à leur fin.

Sidonie s'enquit auprès de Thibault :

— Tu as des nouvelles de Camille ?

— Non.

— Tu ne l'as pas appelée ? Elle doit être bouleversée. Tu n'as pas honte ? Ah les mecs je vous jure !

Thibault était comme un petit garçon.

— Tu crois que je devrais le faire ?

Sidonie s'énerva :

— Même si tu n'es pas amoureux, sois au moins chevaleresque. Cette gosse vient de perdre son meilleur ami. En plus, elle vient d'apprendre que c'était un meurtrier et que son cabinet a servi de scène du crime. Va la soutenir. Lui dire que nous sommes là. Qu'elle peut compter sur nous.

— Ah non chérie ! Nous ne pouvons recueillir tous les cœurs perdus. Cela va nous coûter trop cher en nourriture. Regarde ces deux-là.

Il désignait Thibault et Pascal.

— Ils mangent comme quatre. Avec le Golum cela fait dix…

Sidonie lui mit la main sur le genou.

— Arrête de dire des bêtises. Si cette petite a besoin d'aide, nous l'aiderons. Qu'est-ce que tu fais encore là Thibault ? Va la voir. Et remonte-lui le moral.

Thibault s'exécuta. Sidonie était contente.

— Alors que faisons-nous aujourd'hui ? Je propose plage. Déjeuner. Sieste. Plage et resto. Qui est pour ?

Elle leva le doigt. Ce faisant, elle ressentit une forte douleur dans le ventre, qui la plia en deux. Francis fut immédiatement en alerte :

— Chérie ? Tu vas bien ?

— Je… je perds les eaux…

Jean se précipita.

— Francis appelle une ambulance. La petite arrive.

Francis paniquait :

— Non. Non. Non. Ce n'est pas possible… Elle doit arriver pour le 15 août… Tout est prévu pour

sa venue… mais pour le 15 août…

Il tournait sur lui-même comme une toupie. Le voyant faire Maïté appela elle-même le SAMU. Jean conduisait Sidonie dans le salon. À son premier cri de douleur, Francis vint à son secours.

— Ma chérie. Tu as mal ?

Jean ne put se retenir de rire. Elle, s'énerva :

— D'après toi ?!! Ai-je l'air de m'amuser ?!! Et c'est de ta faute !!! Aïe !! Ah p… ça fait mal…

Jean en l'installant sur le canapé, remarqua :

— Les contractions sont rapprochées.

Pascal revenait de la salle de bains avec des serviettes.

— Tenez ! Je crois que ça servira. J'ai mis de l'eau à bouillir. Dans les films c'est toujours ce qu'ils demandent.

Francis à genoux tenait la main de sa femme. Jean auscultait Sidonie.

— Le col est presque complètement dilaté…

Hurlement de douleur. Contractions.

— Je vois la tête… Pascal elle est où ton eau chaude ! Je dois me laver les mains.

Maïté était déjà là.

— Apporte-moi ma trousse !

— Elle est à tes pieds…

De nouveau contractions. Hurlement. Francis la main broyée par sa femme, était blême. Pascal qui avait prit place de l'autre côté du canapé, lui tenait l'autre main et avait tout aussi mal.

— Vas-y… Pousse ma chérie… Pousse. Je vois les épaules… C'est le plus dur. Après tu pourras cracher ta valda…

Hurlement.

— Ça y est ! Je la tiens.

Ils restèrent tous en apnée. Attendant le premier cri. Il vint après le paf de la gifle sur les petites fesses rebondies. Avec délicatesse, Jean posa le petit bout sur le ventre de sa maman. Ils avaient tous les larmes aux yeux. La petite s'époumonait. Francis s'affola :

— Pourquoi elle pleure comme ça ?

Jean le rassura.

— T'inquiète elle se fait les poumons… Clampe Pascal.

— Quoi ? Hein ? Clampe ? C'est quoi ?

— Les pinces pour le cordon. Trop tard, je l'ai déjà fait.

Il prit les ciseaux et les tendit à son ami :

— Tu veux couper ?

Francis le regarda, incrédule, perdu.

— Hein ? Moi ? Tu veux que je… mais je vais lui faire mal…

— Arrête de dire des c… C'est très facile, moi j'y arrive, alors tu vois. Vas-y.

Francis obéit. Mains tremblantes, il coupa. Pascal lui tendit un verre de whisky.

À ce moment-là, le pin-pon de l'ambulance résonna dans la rue.

Le médecin déboula dans la pièce. Il les trouva en train de se congratuler. Francis tenait sa petite dans les bras, il pleurait et riait à la fois. Débordant de joie, d'amour, de stupéfaction. Dès qu'il avait croisé son regard, qu'elle lui avait pris l'index qu'il lui tendait, dans sa menotte, il sut qu'il était fichu. Ce petit bout de bonne femme venait de ravir son cœur à jamais et allait le mener par le bout du nez jusqu'à la fin de ses jours…

Jean s'avança pour saluer le jeune médecin :

— Bonjour cher confrère. Vous arrivez trop tard. La petite ne vous a pas attendu.

Le médecin s'approcha du canapé.

— Tout va bien ?

— La maman et l'enfant se portent à merveille.

Il prit Maïté contre lui.

— J'ai toujours rêvé de dire ça un jour. Tu te rends compte ? Moi médecin légiste, je viens de participer à une naissance…

Les ambulanciers arrivaient avec une civière. Sidonie râla :

— Je n'ai pas besoin d'aller à l'hôpital. Je me sens bien.

Jean ne laissa pas le temps au médecin de répondre :

— Ma chérie tu ne discutes pas. Tu les suis, avec la petite. Ils doivent faire des examens post nataux. N'oublies pas qu'elle a presque trois semaines d'avance. Allez ! Zou !

Francis n'accepta pas de se défaire de sa fille.

— Je la garde, je vais avec vous.

— Nous on vous suit en voiture.

Le pauvre médecin était un peu dépassé. Il acquiesçait à tout. Pascal intervint :

— Allez devant. Moi je m'occupe de Mathieu et je laisse un mot à Thibault. En voilà un qui va râler. Quand il va savoir que Dominique a profité de son absence pour naître, il va nous faire une pendule, c'est moi qui vous le dis.

Quelques minutes plus tard le convoi s'ébranlait en direction de l'hôpital, sous le regard curieux des voisins.

ÉPILOGUE

Les vacances étaient finies.
La petite bande chargeait les voitures.
Dominique gazouillait dans son moïse.
Sous la garde de son grand frère qui la couvait,
Assisté du Golum et de Tchang.
Thibault fermait la maison.
Dernier coup d'œil à l'océan.
Au jardin vidé de ses hamacs.
Les portières des voitures claquèrent.

Ils avaient prolongé leurs séjours d'une semaine pour donner le temps à Sidonie et Dominique de se remettre de la naissance. Même née en avance, la petite se portait comme un charme. Francis était gonflé d'orgueil et paradait avec sa fille comme un paon.

Il n'en revenait pas d'être à l'origine de sa petite merveille. Il se levait la nuit pour la regarder dormir. Ne laissait personne lui donner son bain. Jaloux de ses prérogatives de père. Même Sidonie avait du mal à s'occuper de sa fille. Les seuls moments où il était obligé de céder, c'était pour les tétées… Bien obligé. À son grand dam, c'est Sidonie qui avait le lait.

Bref. Il était un vrai papa poule.

Même Jacques ne réussissait pas à le détourner de sa fille. De toutes les façons, pour ce qu'il avait à dire…

À la grande joie de Sidonie, le mandat d'arrêt n'avait rien donné. Detlef, alias Antoine avait disparu de la circulation…

Interpol gardait l'affaire sous le coude.

Sidonie profita de ces quelques jours pour peaufiner un long article relatant les faits, tous les faits. À partir du 14 juillet 1989. Elle n'omit aucun détail, citant les noms des violeurs, mais pas celui des victimes, ni celui de l'homme qui les avait vengées, parlant de lui en l'appelant le meurtrier présumé. Elle eut ainsi la sensation d'aider Detlef à mettre un point final à son œuvre. Les familles des violeurs ne seraient pas épargnées, comme celles des victimes ne l'avaient pas été, une sorte de plateaux de balance qui s'équilibraient… Son article fit la Une sur cinq colonnes.

Après la parution du journal, Daniel Destrailly appela la jeune femme pour la remercier.

Camille profondément éprouvée, avait mis son cabinet en vente. Elle ne voulait plus travailler sur le lieu des crimes. Elle allait s'installer plus près de Bordeaux, histoire de se rapprocher de ses nouveaux amis.

Quant à l'histoire entre elle et Thibault… à voir… le temps le dira…

FIN

LA GESTE

www.gesteditions.com

Par ce logo, nous témoignons d'une volonté de réduire les impacts environnementaux liés aux activités de l'imprimerie. Nous choisissons un imprimeur impliqué dans la réduction des gaz à effet de serre. Le choix de nos papiers assure que la production a été faite à partir d'un produit à base de bois et a suivi le cahier des charges d'une gestion durable des forêts européennes.
Achevé d'imprimer chez CPI Firmin Didot (174291) en France en avril 2023 pour le titre « Enquête sur le bassin ».
Mise en page : Mélody Coupey - héméra-graphic.com

Dépôt légal : premier semestre 2023

11, rue Norman-Borlaug
79260 La Crèche
05 49 05 37 22
contact@gesteditions.com